たった5行で読んだ気になる

日本の名作

亀岡修／片桐卓也

毎日ワンズ

はじめに

現代まで読み継がれている日本の名作を、「心理的葛藤の果て」とか「隠喩《いんゆ》による連想をうながす」とか「背徳ゆえの甘美」とかの文学用語をちりばめた解説を見ただけで引いてしまう人たちのために、そうした言葉を使わず、また数ページにわたる長いあらすじでもなく、「どこで、誰が、どうして、どうなった」というふうに三センテンスくらいで簡潔にまとめられたらおもしろいかもしれない、ということで、この本のプロジェクトはスタートしました。

もちろん、表現や複雑なストーリーをゆっくりと楽しむのが小説ですが、多くの若者があまり本を読まなくなった昨今、「難しそう」「長くて挫折しそう」と古典や名作を敬遠しがちな人たちに、「ぶっちゃけていえば、こんな話。ほら、すごくおもしろそうでしょう」と、筋を簡単に教えてくれる人がいれば、もっと作品が身近に感じられるのではないか、と思ったのです。

かつては、学校の教師が教え子に「この本を読んでみなさい」などといってくれたものですが、いまやその先生たち自身が、本をあまり読まない世代になっているのが現実です。本書が、そうした「案内人」の役割を果たせないだろうか、というのが私たちの思いです。

また本書は、読もうと思っていたけれどなんとなく読みそびれてしまった、あるいはずいぶん昔に読んだけど忘れてしまった、という大人の方々にも、「こういう話なのか！」「そうそう、こんな話だった！」と楽しんでいただけるに違いありません。

日本の名作といってもたくさんあります。本書ではその中から、いろいろな時代・作家・テーマ・作品を、バランスよく選んだつもりです（ただし一割くらいは選者たちの趣味も入っています。また、かつて読んだものでも改めて読み直してみなければならず、解説に感想が入るときは「いま読んで」のものになっています。たとえば太宰など、昔はのめりこんで読んだものですが、いま読むと全然違う感想をもってしまいます）。

編集に際しては、少々乱暴ながら、一行で筋を要約した見出しをつける、という冒険も行いました。さらに、結末まで書いてありますので「ネタばれ」となるのではないか、という危惧もあろうかと思います。しかし、そもそも主人公がどうなったかくらいはよく知られている場合が多いので、問題はないだろう、ということです。

作品の要約及び解説は、「生活感情にひそむ不条理を具現化」というような従来の文学用語に頼らず、できうる限り平易な言葉を使うように心がけましたが、逆にそれが実に難しいことを痛感しました。

最近は日本の名作も復刊本が多く出るようになりました。本書がたくさんの人にとって、未読のすばらしい文学作品の出会いのきっかけになれば、この上ない喜びです。

なお本書の前身は平成二〇（二〇〇八）年に他社から出版されましたが、経営上の事情により中断していたのを、毎日ワンズ編集部の熱意によってよみがえらされることになり、全面的な増訂（作品の追加・書き換え）をして再び世に問うことになったものです。

平成二八年三月

亀岡　修

たった5行で読んだ気になる日本の名作――目次

【は】（は行の作家）

【ま】（ま行の作家）

【や】（や行の作家）

＊本書には、現代にはそぐわないと解釈されかねない作品中の表現をそのまま表記した箇所がありますが、差別の助長等の意図は一切ないことをお断わりいたします。

毎日ワンズ編集部

たった5行で読んだ気になる日本の名作

■巨大な鼻をもてあました老僧が鼻をちぢめるが、かえって笑われる

鼻 はな（大正五［1916］年）

芥川龍之介 あくたがわりゅうのすけ（明治二五～昭和二［1892～1927］年）【東京都】

大きな腸詰《ソーセージ》のような鼻をもっていた老僧は、密かにそのことを悩んでいたが、あるとき弟子が鼻を短くする方法を教わってくる。鼻を茹《ゆ》で人に踏ませてみると、鼻は嘘のように小さくなり、老僧は胸を張って町に出たが、人々は以前にも増して、あからさまに笑うようになった。そんなある夜、鼻は元に戻り、老僧は晴ればれとする、という話。

【解説】

作者が大学時代に同人誌に書き、夏目漱石に激賞されたことで文壇デビュー作となった、作者の才気を感じさせる、よく知られた短篇である。それまで、老僧・禅智《ぜんち》内供《ないぐ》が内心気にしていながらも、その心を人に知られまいと一見超然と振る舞っていたのが、鼻が小さくなったことで、「やっぱりあの人、気にしてたんだ」と子供にまで見透かされてバカにされてしまう。人の自尊心とは何ぞやを問う、というような説明もいるまい。

この「鼻」が、ゴーゴリの「鼻」(ある日、自分の鼻がなくなり、人間の姿に化けて勝手に歩き回るので大いにあわてる、という話)を意識していることは容易に推察される。

作者は同時期に、同じく「今昔《こんじゃく》物語」を下敷きにした「羅生門」も書いている。これは、平安末期、荒廃きわまる都で、飢えた老婆が死人からかつらにするために髪の毛を抜いているのを見て、自分も盗人《ぬすと》になろうとしていた男は義憤を感じるが、生きるためにその老婆の着物をはぎ取っていくという、無間《むげん》地獄のようなありさまを通して、人間のエゴを描いた作者最初の傑作である。どちらも大学時代に書いたというのだから恐れ入る。

■襲われた夫婦と捕らえられた犯人が、それぞれ違う証言をする

藪の中

やぶのなか（大正一一［1922］年）

芥川龍之介 あくたがわりゅうのすけ（明治二五～昭和二［1892～1927］年）**［東京都］**

旅に出た武士とその妻が、あたりから見えない藪の中に誘い込まれ、妻は犯され、夫は死体で見つかる。犯人は多襄丸《たじょうまる》という盗人だった。盗人は罪を認め、死罪にしてくれというが、盗人が語る事件の詳細、逃げた妻が寺で語った詳細、死んだ夫が巫女《みこ》の口を借りて語った詳細は、三者三様、それぞれにまったく違っていた、という話。

【解説】

「今昔物語」では、藪の中に誘い込まれて犯された妻は、縛られた夫と再び旅を続け、そのとき妻は、「あなたが間抜けだからいけないのだ」と開き直っている。夫は殺されていない。本作は、この短い話を下敷きに、技巧をこらし、関係者七人の証言と告白という、複雑だがきわめて興味深い短篇に仕上げている。さすがである。

盗人は、妻を犯したあと去ろうとすると妻がどちらか一人死んでくれ、生き残った男と連れ添うというので夫と決闘したという。妻は、夫が冷たい目で自分を見るので自分も死ぬからあなたも死んでくれと夫を刺殺したといい、夫（霊）は、盗人についていこうとした妻を見て、二人が去ったあと自害した（決闘に負けたのではない）と語る。それぞれが、自分のプライドを満足させるような、食い違う証言をする。どれも真実のように見えるところが筆力というものである。なお、いまでも証言や解釈が食い違うときに「真相は藪の中である」などとよく使われるが、語源はこれだ。

黒澤明が「羅生門」という題で映画化しており、ベネチア国際映画祭でグランプリを獲得し、戦後の日本映画を世界に認めさせた作品となった。

【その他のおもな作品】

「芋粥」「羅生門」「蜘蛛の糸」「地獄変」「杜子春」「河童」「歯車」

■男が砂地の崖下に住む女の家に囚われ、逃げ出そうとして諦める

砂の女

すなのおんな（昭和三七［1962］年）

安部公房 あべこうぼう（大正一三～平成五［1924～1993］年）**［東京都］**

ある砂丘に昆虫を採集に来た男は、砂地の村で一夜の宿を借りる。そこには、夫と子供を流砂で失った女が一人で住んでいた。翌朝、地上への縄ばしごが外されているのに気づいた男は逃走を企てるが、砂の吹きだまりに捕らわれてしまう。女は妊娠してその砂の家を出ていくが、男は逃亡する気力もなくなっている、という話。

【解説】

医師の子として生まれた後、満洲で幼少時代を過ごし、東京帝大医学部を出たこの作家は、前衛的な小説家・劇作家として知られている。これは彼の小説の代表作で、海外にも彼の名を知らしめた傑作だ。主人公・仁木順平は作中では「男」とだけ紹介される。彼はニワハンミョウという昆虫を採集するために砂丘に出かけるのだが、そこで漁師のような老人に声をかけられ、ある民家に泊まるようすすめられる。その家は砂の崖下にあり、「女」が一人で住んでいた。毎夜、砂を掻き出さなくては埋まってしまうが、その砂は絶えず上から降ってくる。

翌朝、起きると縄ばしごがなく、男はその砂の穴の中に置き去りにされる。女は裸で寝ており、男は逃げ出すすべがなく、次第に二人は交渉をもつようになる。いったん村の外まで逃げるが、砂と雪でできた「塩あんこ」という底なし沼に捕らえられ、結局、逃げ出せない。女は子宮外妊娠をして病院に入るが、男はもう逃げようとはしない。閉鎖的な空間で、名前さえ知れない男女の濃密な関係を描いたこの小説は、様々に解釈できる現代の寓話《ぐうわ》だ。安部の盟友・勅使河原《てしがわら》宏が映画化し、大ヒットした。

【その他のおもな作品】

「壁」「他人の顔」「燃えつきた地図」「方舟さくら丸」

■奔放な女が離婚して別の男と同棲するが、自分や妹の病気で苦しむ

或る女

あるおんな（大正八［1919］年）

有島武郎 ありしまたけお（明治一一～大正一二［1878～1923］年）【東京都】

勝ち気で美しい女は、若くして結婚したもののすぐ離婚してしまう。その夫にも内緒で女の子を私生児として産み、女は他の男と結婚するために船でアメリカに向かうが、情熱的で奔放な彼女は、その船の事務長に恋をしてそのまま帰国。しかし妻子ある事務長との生活は非難を浴び、妹や自分の病気との闘いで狂気の淵をさまよう、という話。

【解説】

時代は明治三〇年代、まだ女性の自立や自由な恋愛が社会的に認められていない時代に、感情のおもむくままに生きた早月《さつき》葉子が主人公の長篇小説である。彼女はいわば日本のアンナ・カレーニナだ。戦争報道で名をなした若き新聞記者・木部を自分のものにするが、結婚生活が理想とは違っていたため離婚する。彼女は妊娠していたが、木部には告げずに私生児として産んで里子に出す。そんな二人が新橋駅から出る汽車の中で出会うところから話は始まる（葉子のモデルは国木田独歩の最初の妻）。

結婚のためにアメリカへ向かう船の中で、葉子は船の事務長に魅力を感じ、そのまま日本に帰国して一緒に暮らし始める。その後、妹の愛子と貞世を引き取るが、次第に健康を病み、男との間に距離ができる。そんなときに貞世が腸チフスとなり、葉子は付ききりで看病するが、その間にも男と愛子の関係などを疑い続ける。葉子は自身の病気が重くなり、病院で手術を受け、術後が悪くて「痛い」と叫び続けるところで小説は終わる。自分の魅力に自信をもち、自分の欲望を常に満たさなければ気がすまない葉子という女性の激しさは、日本の小説の中では異例の存在といえるだろう。

【その他のおもな作品】

「カインの末裔」「惜しみなく愛は奪う」「生まれ出づる悩み」

■湘南のマセた高校生が一夏のアバンチュールの後に苦い現実を味わう

太陽の季節

たいようのきせつ（昭和三〇［1955］年）

石原慎太郎 いしはらしんたろう（昭和七［1932］年～）**【兵庫県】**

女はただの肉体の喜び、とウソぶき、どんな賭け事もすぐに上達しては退屈する高校生の竜哉。取り巻きの英子とゲーム感覚で性を楽しむが、彼女が愛を求めるとイラ立ち、兄に英子を五〇〇〇円で売る。初秋、英子の妊娠が発覚。手術の失敗で彼女は死ぬ。あの輝ける夏が終わった――。竜哉はイラ立ちから香炉を遺影に叩きつける、という話。

【解説】

マセていて乾いていて、際限のない欲望を抱え込んでいる高校生を描いたこの青春小説は、作者がまだ新人の大学生ということもあり、昭和三一年芥川賞を受賞するや、おもにその倫理性ゆえに、社会事件といったレベルの騒ぎになった。とにかく主人公は「勃起した陰茎を外から障子に突き立て」たり「その瞬間、体中が引き締まるような快感を感じる」高校生なのである。

選考会でも賛否相半ばした。反対意見は「つまらない通俗小説」「悪ふざけの印象」などと手厳しく、若さと新しさを評価した賛成意見でもイチャモンがついた。「拙いところは非難を受けるべき」「倫理性と美的節度に問題」……。ともあれ作品の衝撃は、不快感をあらわにするPTAをよそ目に、作者を一躍時代のアイドルに押し上げた。

いま、自分に輝ける夏などあったのかどうかも定かではなくなってきてから本作を再読してみると、あのときの選考委員たちの気持ちがよくわかるようになっている。これは皮肉ではなくていうが、六〇年経っても嫌悪感を催させる作品などめったにあるものではない。

【その他のおもな作品】

「狂った果実」「完全な遊戯」「化石の森」

■修行中の僧が山で魔力をもつ妖艶な美女に会い、誘惑を退ける

高野聖

こうやひじり（明治三三［1900］年）

泉鏡花 いずみきょうか（明治六～昭和一四［1873～1939］年）**【石川県】**

高野山から修行の旅に出た若い僧が、飛騨山中で道に迷った薬売りを助けようと険しい山道に入り込むと、そこには怪しげな女が住む一軒家があった。女は自分に下心を抱いた男を獣に変えてしまう神通力をもっており、薬売りは馬に変えられて売られるが、僧は修行のおかげで自分をおさえることができ、無事に帰路につく、という話。

【解説】

北陸敦賀《つるが》の宿で高野山の修行僧が語る怪奇談という形式で展開される、作者の代表作である。それにしても艶《つや》っぽい話で、セクシーな中年増《ちゅうどしま》の誘惑の手練手管《てれんてくだ》がすごい。都にもまれな器量の女で、米をといでいるときに衣服が微妙に乱れ、乳の端がほの見え、豊かな胸をわざとらしくそらして、目をうっとりと上を向く。流れで男が体をふいていると、濡れるといけないと服を脱がしてしまう。僧を手で直《じか》にさすり、いつのまにか自分も脱いでしまい、絹のような全身を露《あらわ》にして水浴びをする。石鹸が出てこないだけで、まるで風俗のようだ。どれほど修行すればその魔手から逃れられるのか。

彼女はこうして次々に男をとりこにし、体が不自由な夫の穴埋めをして、飽きると男を獣にしてしまう。薬売りは馬になり、水浴びしているときには、元は人間の猿も出てくる。欲求は馬のごとく、心は猿のごとくという、男が女に下心を抱いた極限の状態「意馬心猿」という言葉を具体的にあらわしている。蛇や山蛭《やまびる》と遭遇する怪しげな場所にどんどん迷い込んでいくところの描写は迫力がある。なお、高野聖とは、高野山を下り、募金活動のため唱導や納骨などを行っていた僧のことである。

【その他のおもな作品】

「外科室」「婦系図」「歌行燈」「夜叉ヶ池」

■旧家の息子とその従姉が恋をするが、娘は他の男と結婚させられ流産で死ぬ

野菊の墓

のぎくのはか（明治三九［1906］年）

伊藤左千夫 いとうさちお（元治元～大正二［1864～1913］年）**［千葉県］**

江戸川、矢切《やぎり》の渡し近くの裕福な農家の息子と、家事手伝いに来た年上の親類の娘は互いに淡い恋心を抱くが、周囲の目を気にした母親は二人を遠ざける。中学の寄宿舎に戻された息子が冬休みに帰省すると、娘は実家に帰されており、一年後、嫁に行かされて流産のすえ死ぬ。娘の墓の周りには大好きだった野菊が咲き乱れる、という話。

【解説】

作者はもともと歌人だから、自然描写も美しい。明治時代には千葉県松戸の小高い丘から、利根川、中川はもちろん、上野の森、秩父や箱根の山、富士山まで見渡せたらしい。

数えで一五歳の政夫と一七歳の民子の恋はなんとも可憐だ。二人は政夫の母親が心配するほど仲がよく、野菊を見つけると互いに野菊が大好きだといい合い、政夫が「民さんは野菊のような人だ」というシーンなど、実に美しい。たとえイヤでも親がすすめる結婚をしなくてはならないという時代背景がわからないと、二人が置かれた立場が理解できないだろうが、当時（戦前）は、結婚には父親と戸主《こしゅ》の承諾が必要だったから、どうしても添いとげたいのなら駆け落ちするしかなかった。もっとも、この二人はそんな歳ではない。最後、死んだ民子の手には政夫の写真と手紙が握りしめられている。政夫は民子の墓の周りに一週間かけて野菊を植える。

山口百恵や松田聖子版など多数映像化されているが、昭和三〇年の木下恵介監督、有田紀子主演の映画「野菊の如き君なりき」が圧倒的にすぐれている。

【その他のおもな作品】

「河口湖」「奈々子」「隣の嫁」「春の潮」

■山で死んだ友人の事故の謎を解こうとした男が自らも遭難死する

氷壁　ひょうへき（昭和三二［1957］年）

井上靖　いのうえやすし（明治四〇〜平成三［1907〜1991］年）【北海道】

前穂高東壁《まえほたか》に挑んだ魚津と小坂。切れないはずのナイロンザイルが切れて小坂が死ぬ。ザイル製造元は魚津の会社と関係があり、原糸を供給した会社の専務は小坂が惚れていた美那子の夫だった。その夫が強度実験を行うがザイルは切れない。魚津は次第に美那子にひかれるが思いを断ちきるため挑んだ穂高難所で自身も遭難死する、という話。

【解説】

昭和三〇年に三重大学の若山五朗という青年が遭難死した「ナイロンザイル切断遭難事件」に想を得て、美しい恋愛をからめた長篇である。重く水分を含みやすい麻のザイルに代わり、軽量で寒冷にも強く、しかも切れないとされたナイロンザイルがあらわれ、山屋が狂喜した時代である。それが切れたというので、小説のように、同行者が切ったのか、扱いが悪く事前に傷をつけていたのか、結びが甘かったのかなどと、様々な憶測を生んだ。どれも登山家のプライドに著しくかかわる憶測である。

強度実験も実際に製造元や若山五朗の兄により行われた（小説に兄は出てこないが、兄の実験ではものの見事に切れている）。製造元が岩角を密かに一ミリ丸くしていたことはその後知られる。いまでは擦《す》れに弱いなどのナイロンザイルの欠点が浸透し、改良されている。新素材だからというだけで「神話」を生み出してしまう時代だった。小説の最後、上高地に待つ小坂の妹で婚約者・かおるのもとに行こうとして遭難する魚津の姿は、昭和二三年に上高地に親しい女性を待たせ、槍ヶ岳北鎌尾根で同行者を見捨てられずに自らも散った伝説の登山家・松濤《まつなみ》明の姿でもある。

【その他のおもな作品】

「流転」「闘牛」「天平の甍」「敦煌」「楼蘭」

■裕福な家の息子が放蕩の果てに勘当され、日本中を遊び回る

好色一代男

こうしょくいちだいおとこ（天和二［1682］年）

井原西鶴 いはらさいかく（寛永一九～元禄六［1642～1693］年）**［大阪府］**

鉱山成金で遊び人の父と、世に名高い遊女の母のもと、京に生まれた男は、七歳にして色事に目覚め、一一歳で遊女を身請《みう》けする。その放蕩が過ぎて一九歳のときに勘当され、以後、極貧の放浪人生を送る。しかし、三四歳のときに父親が死に莫大な遺産を手にすると、日本中を遊び回り、六〇歳で「女護《にょご》の島」を目指して船出する、という話。

【解説】

俳諧師・井原西鶴が書いた処女小説。全八巻五四話で、世之介という男の誕生から最後までを描いている。もとのアイデアは「源氏物語」と「伊勢物語」らしい。全五四話は「源氏物語」と同じ数で、男の一代記としては「伊勢物語」を意識している。

一般にいわれるように、これは好色な男＝世之介の人生を描いたエロ小説なのだが、その「エロス」を理解するには相当の知識が必要で、西鶴の文を現代人が読んでもチンプンカンプンだ。とりあえず現代語訳（吉行淳之介訳がある）で読み、それから原文と対訳が並記された版で読むのがいいと思う。江戸時代初期の色街《いろまち》の遊び方の知識もないと、どこがエロで、どこが楽しいのか、理解できないだろう。また女色だけでなく、男色も描かれている。現代風にいえば、世之介は「両刀使い」なのだ。

登場人物は主人公の世之介をのぞいてほとんどが実在の人物らしい。たとえば高名な遊女・夕霧はこの小説の書かれるすぐ前に二二歳で亡くなったらしいが、彼女には最高の賛辞が捧げられている。そこを読むと、この時代の大阪の遊び人たちの女の嗜好《しこう》がよくわかる。すなわち「粋《いき》な女」なのである。

【その他のおもな作品】

「好色五人女」「日本永代蔵」「世間胸算用」

■岩屋で大きくなった山椒魚が外に出られなくなり、蛙と口論する

山椒魚 さんしょううお（大正一二［1923］年）

井伏鱒二 いぶせますじ（明治三一～平成五［1898～1993］年）【広島県】

山椒魚が岩屋でぬくぬくと育ち、外界に出ようとするが、出口に頭がつかえて出られない。やむなく外界を覗いて暮らし、急流でもがくメダカを見て、なんと不自由千万な奴らだろうなどと嘲笑しているうち、山椒魚の心はゆがんでいく。迷い込んだ蛙と一年余りにらみ合い、蛙が思わずため息をもらすと出ていくことを許す、という話。

【解説】

いかなる解説やあらすじも意味をなさない、そこはかとない悲しみやユーモア、温かさを感じさせる、いつまでもその世界にひたっていたくなる独特の味わいのある井伏文学世界で、これが処女作（原題は「幽閉」）というから、その完成度の高さに驚く。そこからいかなる隠喩を感じ取ろうとも読者の勝手、という詩的な世界でもある。

同じく初期の傑作短篇に「屋根の上のサワン」という作品があり、あわせて読むと、当時作者が、自由に羽ばたける翼を欲しがっていたらしいことはよく伝わってくる――狩猟に傷ついた雁《がん》を家にもち帰り治療した「私」は、それにサワンと名づけ家で飼い、羽を切り、散歩にも連れて歩く。飼い主になつき楽しく暮らしていたはずのサワンだったが、仲間が上空を通過すると激しく鳴き出す。これほどよくしたのだから裏切らないでおくれ、と「私」は思うが、やはり放す気になる。翌日、どこにもサワンの姿がない。「私」は思う。きっと仲間に翼を抱えられ季節にふさわしい場所に行ったのだろうと。この悲しみ、温かさ、ユーモアは人間を描いても同じで、ものの分かった老医師から見た庶民の哀歓《あいかん》を描いた長篇「本日休診」もおすすめする。

【その他のおもな作品】

「夜ふけと梅の花」「ジョン萬次郎漂流記」「漂民宇三郎」「黒い雨」

■農家の跡取りが占いを無視して結婚し、妻に呪い殺される

雨月物語

うげつものがたり（安永五［1776］年）

上田秋成

うえだあきなり（享保一九～文化六［1734～1809］年）【大阪府】

九篇の不思議な物語からなる小説集。その第六篇は、豊かな農家に生まれたぐうたらな男が、由緒ある神社から美しい娘を迎える。そのとき「吉備津の釜」と呼ばれる占いをすると、凶が出る。それにかまわず結婚するが、男は遊女に心を移し、妻の金を奪って逃げる。しかし、妻の怨念によって遊女と男が殺される、という話。

【解説】

妖怪や生き霊《りょう》が登場する物語は昔からあり、その多くは仏教説話だが、江戸時代後期に生まれた本作品はちょっと違う。中国の白話小説（「水滸伝」「西遊記」などの口語体小説）の影響を受けつつ、漢文的な要素を入れた文体で書かれている。井原西鶴の「好色一代男」が浮世草子の最初のヒット作なら、こちらは読本《よみほん》（江戸後期の小説）の最初のヒット作である。全五巻に九つの物語、「白峯」「菊花の約《ちぎり》」「浅茅《あさぢ》が宿」「夢応の鯉魚《りぎょ》」「仏法僧」「吉備津の釜」「蛇性《じやせい》の婬《いん》」「青頭巾」「貧福論」を収録。いずれも、現世の人間（この世）と恨みをもって亡くなった人間（あの世）との交流が描かれ、幻想的な作品が多い。タイトルの「雨月」には、現世とあの世の出来事が交錯するきっかけとなる「雨と月」の情景という意味が込められている。

作者の上田秋成は遊女の私生児で、後に紙油商の養子となり、その後、俳諧、和歌、国学などを学んで、浮世草子の作者となるが、店が焼けて破産したために医学を学び医者となったという経歴をもつ人だ。「雨月物語」は、彼の様々な学識を活かした作品である。

三島由紀夫が愛読したという「菊花の約」は、男同士の真心の交流を描いたもので、ホモセクシュアルの匂いも感じられる。溝口健二による映画「雨月物語」（昭和二八年公開、ベネチア映画祭銀獅子賞）も話題となった。

■作者が目的もなく汽車に乗り、全国を旅しながら戦後の世相を仔細に観察する

阿房列車

あほうれっしゃ（昭和二六［1951］年）

内田百閒 うちだひゃっけん（明治二二〜昭和四六［1889〜1971］年）**【岡山県】**

何の用事もないけれど汽車に乗る、ということに無上の意味を見出した作者が、日本各地を汽車で回り、ごく身近に起こる、普通なら見過ごしてしまうような些細なことにも首を突っ込み、いちいち考察していく。読んでいるうち、読者は、車内販売のバナナを買うか買わないか、そんなことが気になってくる、という話。

【解説】

特別阿房列車、鹿児島阿房列車、東北本線阿房列車などと題された、一連の「阿房列車」ものである。往きは何の用事もないから無目的を楽しめるが、帰りは「帰る」という目的ができてしまうから、もう旅ではない、という徹底ぶりをはじめ、わがままで偏屈といわれた作者の面目躍如たる考察は、時に思わずクスッと笑ってしまうようなユーモアにも満ちている。

東北の旅で、川があるので名前を聞くと馬淵（まぶち）川という。しかし地元の人は訛って「まべち川」と呼ぶ、と聞くとそれは違うという。「まべち」に「馬淵」という漢字をあてはめたのだろうから「訛っているのは漢字のほうだ」といった具合だ。

何の用事もなく列車に乗っているのは阿房だ、ということからつけられたタイトルらしい。

いま、経済効率だのなんだの、そんなことばかりいう風潮が強いから余計に思うが、そういったものとは何の縁もない、この「非生産的阿房旅行」は現代的風潮と対極にあるゆえに、むしろ輝きを増しているような気がする。

【その他のおもな作品】

「冥途」「旅順入城式」「サラサーテの盤」「贋作吾輩は猫である」

■妻を捨てた男が、自分に子供がいることを知り、よりを戻そうとする

おはん（昭和三二［1957］年）

宇野千代 うのちよ（明治三〇～平成八［1897～1996］年）【山口県】

古物の商いで小遣い銭を稼ぐ男は、夜は芸者上がりの女・おかよのところへ帰る。ある日偶然、女房だったおはんと出会い、七歳になった息子のためによりが戻る。優柔不断なこの男は子のために、女と別れ、ましな家に移る決意をするが、引っ越し当日、子が水死。おはんは家を出て、男はまたおかよのところに戻る、という話。

【解説】

作者が二度も書き直して発表するほどこだわりをもった中篇である。時代は、子供が小学校に通っているからおそらく明治中期で、舞台はおそらく言葉遣いからして西日本、作者の故郷の岩国かもしれない。主人公の男・幸吉が切々と己の情けなさを述懐するという体裁で、語りの世界に近い物語が進行する。

この幸吉というのがなんとも情けなく、どうやら芸者にいれあげて身上を食いつぶし、女房に去られ、芸者置屋に居ついて、ちょっと離れた場所で申し訳程度の商いをして暮らす、博打用語でいえば「インケツ」のような男である。ただ、女の生きざまに厳しい目を注いでいた作者であるから、どうやら描きたかったのはこのインケツ男ではなく、この無色透明男を通して見える女たちの心の内であろう。

一見、女たちが男に翻弄されているように見えながら、そうでもなく、男の唯一の取り得であるやさしさを求め、いとおしむという、単純なようで実は複雑な構図は、とてもユニークである。

吉永小百合主演で映画化もされている。

【その他のおもな作品】

「色ざんげ」「或る一人の女の話」「雨の音」「生きて行く私」

■精神に変調をきたした中年男が戦争中の思い出の場所を訪ねる

幻化　げんか（昭和四〇［1965］年）

梅崎春生　うめざきはるお（大正四〜昭和四〇［1915〜1965］年）［福岡県］

中年を迎えて憂鬱に襲われ、ぼんやりと死を考えていると軍歌が口をついて出る元兵士。精神病院に入るが抜け出し、戦争中派遣された鹿児島坊津《ぼうのつ》を訪れて記憶をたどる。高校に通った熊本にも行き阿蘇に登ると、行きの飛行機で隣だった家族を亡くした男と再会、男は火口を見つめながら、ここで自殺するか賭けようといい寄る、という話。

【解説】

作者は戦時中、暗号特技兵となり敗戦まで九州の各基地を転々とした。そのときの経験を素材とし、敗戦直前の基地を舞台にした「桜島」で昭和二一年に作家デビューをしている。そして、遺作となった本作で、二〇年の時を経てそこに回帰しているが、書いていたときは、すでに肝硬変で死の予感があっただろうといわれている。

「二〇年前、気力も体力も充実して、ひりひりと生を感じながら生きていた青年が、いまうらぶれた中年男として」、終戦の日にいた坊津をはじめ、各地で様々な記憶をたどるが、一番痛みを伴うのが、坊津で盗んだアルコール燃料を仲間で飲み、沖の小島に泳いで溺死した戦友のことである。

それにしても、亡き戦友を思い、あの戦争は何だったのか、と問いかけながら、たまたま出会った女の肩に手を伸ばすシーンは、歳月の流れを感じさせてすごい。

題は「げんか」だが、元は仏教用語の「げんけ」で、辞書には、幻人のしわざによる幻と、仏・菩薩が作り出す化、とあり、坊津にある作者の文学碑には「人生幻化に似たり」と記されている。

【その他のおもな作品】

「桜島」「日の果て」「ボロ家の春秋」「砂時計」「狂い凧」

■下宿の屋根裏からの覗きに夢中になった男が下宿人を殺す

屋根裏の散歩者

やねうらのさんぽしゃ（大正一四［1925］年）

江戸川乱歩 えどがわらんぽ（明治二七～昭和四〇［1894～1965］年）**［三重県］**

大学を出たものの、何事にも興味を見出すことのできない二五歳の男が、ある新築の下宿屋に移る。そこで屋根裏に出る方法を発見して他の部屋を覗き、楽しみのために、ある下宿人の殺害を計画して実行する。しかし、知り合いの素人探偵がその事件に疑問を抱き、男の行動を調べ始め、男をトリックで驚かせて真相を暴く、という話。

【解説】

日本における本格的な推理小説を創始した江戸川乱歩の初期の代表作で、名探偵・明智小五郎もまだ素人探偵として登場してくる。主人公の郷田三郎は世の中のあらゆる遊びに飽き、東京中の下宿を転々としながら暮らしている。変装好きで、特に女装して映画館に出かけるのが好きだ。とある新しい下宿に移ったとき、その押し入れの天井板が動くことに気づき、郷田は屋根裏から下宿人たちを観察する喜びに目覚める。そして、遠藤という歯科医助手がモルヒネを隠しもっていることを知り、それを使って遠藤を殺すという完全犯罪妄想に取りつかれ、実行する。

殺人の後、明智小五郎が郷田を訪ねてきて、事件に関心をもつ。遠藤が自殺するはずなのに、目覚まし時計をかけていたことに気づく明智。そして郷田がタバコをやめたことも不審に思い、彼を追い詰めていく。郷田のシャツのボタンが取れているのを見て、それを天井裏で発見したと引っかけ、真相を郷田から聞き出すのである。

江戸川乱歩は三重県の出身で、大学を卒業した後、様々な職業を転々とした。「D坂の殺人事件」で素人探偵・明智小五郎をデビューさせた。「屋根裏の散歩者」は大阪の守口市に住んでいた時代に書かれた短篇で、この家に住んでいた当時に、乱歩は実際に屋根裏を徘徊《はいかい》していたという。

■探偵小説家が夫に死なれた夫人との情痴に溺れるが、夫人は自殺する

陰獣 いんじゅう（昭和三［1928］年）

江戸川乱歩 えどがわらんぽ（明治二七〜昭和四〇［1894〜1965］年）**［三重県］**

男が出会った妖艶な夫人は、自分の行動が綴られた手紙を作家・大江春泥《しゅんでい》から受け取り恐怖していた。実業家の夫が死体で見つかる一方、男は彼女との情事をむさぼる。彼は夫人の首筋のみみず腫れから夫が変態遊戯でつけた傷と推理し、手紙の主は大江ではなく夫人自身と断定するが、夫人は真実を明かさないまま自殺する、という話。

【解説】

日本に探偵小説というジャンルを打ち立てた功労者（本人も元探偵）で、探偵作家クラブを創り、自ら基金を提供して「江戸川乱歩賞」を創設した作者の、ただの探偵小説というにはあまりにも色っぽい、作者のもち味が存分に発揮された代表作である。

業界でも変わり者で忌《い》み嫌われている作家の大江春泥を「空想的犯罪生活者」といい、彼の作品に「屋根裏遊戯」（乱歩には「屋根裏の散歩者」がある）、「パノラマ国」（同「パノラマ島奇談」）、「一銭銅貨」（同「二銭銅貨」）などがあるという設定は、当時、世間から大江春泥のように見られていた作者のいたずらである。

夜ごと「行為」を覗かれているらしいと小山田夫人に訴えられて、探偵小説家が屋根裏に上がり、証拠となりそうなボタンを見つけるところや、背中にもみみず腫れがある夫人に彼自身が溺れ込んでいくあたりは圧巻である。結末を知っていて読み返してもおもしろいのだから、相当な作品である。

何度も映像化されているが、昭和五二年、加藤泰監督作品の夫人役・香山美子は色気があり、すごくよかった。

【その他のおもな作品】

「人間椅子」「心理試験」「押絵と旅する男」「黒蜥蜴」「D坂の殺人事件」

■レイテ戦で生き残った日本兵が空腹と孤独と戦いながら見たものとは

野火 のび（昭和二六［1951］年）

大岡昇平 おおおかしょうへい（明治四二〜昭和六三［1909〜1988］年）【東京都】

太平洋戦争末期のフィリピン、レイテ島。胸を患った一等兵は食糧もない野戦病院へと追われる。病院が攻撃を受けたあと男は山野をさまよい、地獄の業火《ごうか》のような野火を見る。敗残兵二人と出会い、彼らが日本兵狩りをしていることを知るが、人肉を得るための殺しは男にはできない。自身も命を狙われるが逆に二人を殺す、という話。

【解説】

極限にまで追い詰められた人間が、死の瞬間まで自分自身の孤独と絶望を見つめていこうとする、重く胸に迫る言葉に満ちた、戦後日本文学に燦然と輝く戦争小説だ。

主人公の一等兵・田村は、壊滅した野戦病院を見て大笑いしたり、自分の血を吸った蛭を食べたり、投降したとき垢《あか》と泥にまみれたフンドシが果たして「白旗」と認められるだろうかと悩んだりする。肉が切り取られた死体をあちこちに見て、彼もついに死者の肉を右手で切り取ろうとするが、すんでのところで左手が止める。「死ぬまでの時間を思うままに過ごすことが出来る、無意味な自由だけが自分の所有しているものだった」という男の戦後の手記という体裁で語られる本作品は、息をのむような描写の連続である。

なぜ右手がしようとしたことを左手が止め得たのか、田村は「他者」の存在を感じるようになり、やがてそれが「神」という言葉になっていく。田村は戦後、日本の精神病院に収容され、有機質なものを食べるときは、以前の所有者にまず詫びるようになる。野火は、どうやら人間が本質的に心の内にもっている業火の象徴のようだ。

【その他のおもな作品】

「俘虜記」「レイテ戦記」「花影」「武蔵野夫人」「事件」

■老妓が若い男を見込み生活を援助するが、男は怠けて失踪を繰り返す

老妓抄 ろうぎしょう（昭和一三［1938］年）

岡本かの子 おかもとかのこ（明治二二〜昭和一四［1889〜1939］年）【東京都】

かつて鳴らした老妓は、その豊富な人生経験と楽しい会話で若い芸妓たちの人気の的だ。和歌を習い、新しいモノにも目がない。ある電気店に勤める若い男を見込んで、住まいを与えて発明に集中させるが、男は最初こそ真剣に取り組むものの、次第に飽きてくる。そして老妓の養女といい関係になったり、突然失踪したりを繰り返す、という話。

【解説】

「芸術は爆発だ〜」や大阪万博の「太陽の塔」で有名な岡本太郎の母親が岡本かの子である。夫は漫画家の岡本一平。かの子は和歌や俳句をよくしたが、次々と外で恋愛をし、夫はそれを容認していた。そんな二人の関係を、瀬戸内晴美（寂聴）は「かの子撩乱」という小説で書いている。

かの子は小説家を志していたが、なかなか発表の機会が得られなかった。本作は「中央公論」に発表されたが、その年、脳出血で倒れ翌年に亡くなる。あとには厖大な量の草稿が遺《のこ》され、一平はかの子の死後、それを延々と発表し続けた。

「老妓抄」はそんなかの子の最高傑作。「平出園子というのが老妓の本名だが」という書き出しから、「年々にわが悲しみは深くして、いよよ華やぐいのちなりけり」という短歌で終わる最後まで、老妓とその養女と若い電気屋・柚木《ゆき》の三角関係を描いている。柚木は発明という望みを老妓に叶えられるが、突然の失踪を繰り返す。老妓はそんな男を手放せないし、養女はそれを皮肉な目で見る。亀井勝一郎はこの短篇を「明治以来の文学史上でも屈指の名短篇と称されるべき作品である」と書いている。

【その他のおもな作品】

「鮨」「東海道五十三次」「鶴や病みき」

■能面師が源頼家から依頼されて作った能面が、頼家の死を予言する

修禅寺物語

しゅぜんじものがたり（明治四二［1909］年）

岡本綺堂 おかもときどう（明治五～昭和一四［1872～1939］年）**［東京都］**

伊豆の修禅寺村に住む面作師《おもてつくりし》は、鎌倉幕府の若き将軍から新しい能面を依頼されたが、面に「死相」が出て、活きた面が作れない。性急な将軍が訪ねると、面作師の娘は完成した面を勝手にもってくる。将軍はその面を気に入り、娘も気に入って取り立てる。しかし、将軍は暗殺され、面作師は面がその死を予言したと知る、という話。

【解説】

岡本綺堂といえば有名な「半七捕物帳」の作者だが、小説を書く以前は明治期の新作歌舞伎の作者として知られていた。本作品は彼の代表作で、芸術至上主義と怪奇な話が交わったような独特の世界がそこにある。

能楽の面を作る面作師の夜叉王は、源頼家の依頼で彼をモデルにした面を作るが、何度作っても死人の相が出る。せっかちな頼家がやってきて問い詰めると、夜叉王の娘・かつらが工房から勝手に面をもってきてしまい、頼家は見事な出来栄えに喜び、また娘を側に置きたいと連れ帰る。しかし、修禅寺の頼家の住居が北条方に襲われ、頼家は殺される。娘は虫の息で戻って夜叉王にそのことを伝えると、自分の面が事件を予言したことを知り、「技芸神の域に入る」と喜ぶ。そして、断末魔の娘の顔をスケッチするのだ。源頼家は鎌倉幕府二代将軍であり、北条氏の非望によって将軍職を剥奪されて修禅寺に幽閉され、二一歳で刺客により暗殺された。

二代目左団次が夜叉王を演じて明治座で初演されたこの新歌舞伎は、映画化されている他、清水脩が作曲してオペラにもなっている。

【その他のおもな作品】

「維新前後」「振袖火事」「箕輪の心中」（いずれも戯曲）

■美しい娘が学生と結婚を約束するが、娘は男を裏切り金持ちのもとへ走る

金色夜叉

こんじきやしゃ（明治三〇［1897］年）

尾崎紅葉 おざきこうよう（慶応三〜明治三六［1867〜1903］年）**【東京都】**

両親を亡くした男は、父親に恩のある人に養われて学生となり、その家の娘と結婚の約束をしている。しかし、娘は金持ちの銀行家の妻になることを決める。熱海の海岸で娘を蹴り倒した男はそのまま消息を絶ち、その後、悪魔のような高利貸となる。二人は再び出会い、娘は自分の昔の恋心を思い出して、悩み苦しむ、という話。

【解説】

新派悲劇の代表作として有名なこの作品は、実はアメリカの女性作家の小説の翻案物らしい。学生の間貫一《はざまかんいち》と娘の鴫澤宮《しぎさわみや》という、一つ屋根の下に暮らす若き男女は、銀行家が宮を見初めたことで仲を裂かれる。最初に描かれる宮の美しさは、一七歳にして音楽院院長と外人のバイオリン教師を狂わせるほどで、その美貌ゆえに宮は身分の高い金持ちの男性から求婚され、玉の輿に乗ることを密かに夢見るのだった。

明治三〇年から「読売新聞」で連載された「金色夜叉」はまず三篇にまとまり、その後「続」「続々」「新続」と冠されて継続されたが、紅葉が胃がんで三五歳で死んだため未完に終わった。拝金主義に自分の純粋な心を踏みにじられた貫一の怒りが、彼を高利貸に仕立てる。その想いの一途さは、明治という時代のせいなのだろう。地の文が文語体で会話が口語体という組み合わせで、特に会話部分は多くの作家から高く評価された。有名な熱海での貫一のセリフは、「一月の十七日、宮さん、善く覚えてお置き。来年の今月今夜は、貫一は何処で此月を見るのだか……来年の今月今夜になったらば、僕の涙で必ず月は曇らして見せるから」。

【その他のおもな作品】

「二人比丘尼色懺悔」「三人妻」「多情多恨」

■早稲田大学に入学した男の青春と、その後のみずみずしい人生を描く

人生劇場

じんせいげきじょう（昭和一〇～二七［1935～1952］年）

尾崎士郎 おざきしろう（明治三一～昭和三九［1898～1964］年）**【愛知県】**

大正初期、三州横須賀村（現・愛知県吉良町）で、古い気質を残す父親や侠客《きょうかく》の影響を受けて育った青年が早稲田大学に入り、文学修業の道に踏み出す。青年はヤクザ者、女などと濃密なかかわりをもちながら、関東大震災、日中戦争、太平洋戦争、敗戦という激動の時代を、義理と人情を二本柱に、精一杯生き抜いていく、という話。

【解説】

激しく変貌していく時代と日本人を縦糸に、人同士の義理・人情を横糸に展開される、日本には珍しい大河小説である。

大学入学から学生運動、自主退学（作者本人もそう）、恋愛……まだ人生の目的を見出せないでいる青年・青成瓢吉《あおなりひょうきち》を描いた「青春篇」。文学修業期で、新進女流作家との出会いから別れを描いた「愛欲篇」（実生活では大正一一年に新進女流作家の宇野千代と同棲）。物書きに成長した瓢吉と、吉良常《きらつね》、飛車角《ひしやかく》という義理・人情を重んじる侠客とのかかわりを中心に展開される「残侠篇」。日中戦争勃発前後、ひと旗揚げようと本篇登場人物たちが続々と大陸に渡り、瓢吉自身も従軍記者として上海に行く「風雲篇」。作者が実際にペン部隊として従軍したフィリピン戦線を描いた、番外篇ともいえる「離愁篇」。戦後に書かれた、戦争末期の日本を舞台にした「夢現篇」。敗戦の混乱に乗じたゴロツキ集団との激闘を描いた「望郷篇」と続く。

さらには「蕩子《とうし》篇」、新人生劇場の「星河篇」「狂瀾篇」もその後に書かれている。時代を越えて大衆的人気を博し、数多く映画化されたが、田宮二郎の吉良常、高橋英樹の飛車角が印象に残っている。

■兄弟らと一つ屋根に暮らす詩人志望の女性が日常を淡々と語る

第七官界彷徨

だいななかんかいほうこう（昭和六［1931］年）

尾崎翠　おざきみどり（明治二九～昭和四六［1896～1971］年）【鳥取県】

東京の古い一軒家に暮らす家族。兄は分裂病を研究し、弟は蘚《こけ》などの植物を栽培し、従兄弟は音楽家を目指している。「私」は兄弟の妹で、人間の第七官に訴える詩を書こうとしながら、炊事係として住み込んでいる。隣家に二人の女性が越してきて、従兄弟はその一人に恋をしたようで「私」は悲しくなるが、すぐに引っ越してしまう、という話。

【解説】

要約だけ読むと意味不明という印象しか残らないだろうが、この小説は実にカラッとした文体で、淡々と不思議な世界を創り上げていく。そう、萩尾望都《もと》や大島弓子といった女性マンガ家が一九七〇年代になって描くような、あるいは吉本ばななの描くドライな家族風景の先駆的な作品といってもいい小説が、昭和ひと桁の時代に、一人の女性作家によって創り出されていたのだ。

語り手である小野町子は、兄の一助、弟の二助、従兄弟の佐田三五郎と一緒に一軒家に暮らす。家の中は二助が肥料研究のために「こやし」を煮るので臭気が立ち込め、「私」も三五郎も苦しむが、一助はあまり気にしない。一助の研究する分裂心理は詩作に役立ちそうだが、まだ詩は書けないでいる。こんな風に話は進んでいく。

細部の描写はリアルで、二助の研究する「蘚の恋愛」など、独特の世界が丹念にゆったりと書かれていく。それが独特のテンポを生み出し、「翠ワールド」に読者は引き込まれていくのだ。尾崎翠はこの作品を発表した絶頂期に、頭痛薬の飲みすぎで幻覚症状を起こし、兄によって故郷に連れ戻され、中央文壇から消えてしまった。

【その他のおもな作品】

「こほろぎ嬢」「地下室アントンの一夜」「アップルパイの午後」

■公卿の若い男が幕末の京で鞍馬天狗と協力して叔父の悪事を暴く（他）

鞍馬天狗（「鬼面の老女」）

くらまてんぐ（きめんのろうじょ）（大正一三［1924］年）

大佛次郎 おさらぎじろう（明治三〇〜昭和四八［1897〜1973］年）**【神奈川県】**

公卿の若者は父の遺産を横取りした腹黒い叔父にあしらわれた帰り、鞍馬天狗と名乗る頭巾《ずきん》姿の男と出会う。二人で鬼面の老女が住むという化物屋敷を探りに行き、一味を捕らえ白状させると、公卿の叔父は実は幕府と通じる黒幕で、そこが密会場所だった。鞍馬天狗は江戸からの暗殺団を迎え撃つため姿をくらます、という話。

【解説】

著名な読みものも入れよう、ということになればやはりこれは欠かせない。「鬼面の老女」は、大正一三年から昭和四〇年まで書き継がれ、子供はいうに及ばず、いい歳をした大人にも大人気だった「鞍馬天狗」シリーズの記念すべき第一作である。ただ、この第一作では公卿の小野宗房《むねふさ》のほうが主人公といえそうで、鞍馬天狗は直情径行型の剣客といった感じだ。作者自身がいうには、関東大震災のとき鎌倉におり、電車が不通になったのをこれ幸い、勤務先の外務省をやめてしまい、しかし金がないのでこれを書いた、という。好評につき鞍馬天狗のほうを主人公にして書いてくれ、といわれたことで、思ってもみなかった作家生活に入ることになったそうだ。

鞍馬天狗は単純に幕末の勤皇派を助ける剣客というわけでもなく、昭和一六年の「西国道中記」では、幕府の勝海舟を斬るという勤皇の志士を「天下のためだ」と身を挺して止めている。遠慮なく戦ったのは新撰組くらいである。ご存知、大事な狂言回しでもある杉作少年が登場するのは、昭和二年の「角兵衛獅子《かくべえじし》」からである。映画化多数で、ヒーロー・鞍馬天狗は嵐寛寿郎の当たり役であった。

【その他のおもな作品】

「赤穂浪士」「ドレフュス事件」「パリ燃ゆ」「天皇の世紀」

■妻子もちのダメ男と暮らす女が、芸者をしながら家計をやりくりする

夫婦善哉

めおとぜんざい（昭和一五［1940］年）

織田作之助 おださくのすけ（大正二〜昭和二二［1913〜1947］年）【大阪府】

貧乏天婦羅《てんぷら》屋の娘は芸者になり、化粧品問屋の若旦那で妻子もちの放蕩男と暮らすようになるが、男は勘当される。男は金を稼がず浪費ばかり。開いた関東煮屋、果物屋なども次々につぶす。その合間、女はヤトナー芸者になって家計を支える。カフェ経営はうまくいくが、男は病気になり、それでも帳尻を合わせて男と生きていく、という話。

【解説】

早世した作者の出世作であり、代表作でもある。大阪庶民の息吹、生活力、生命力が直接伝わってくる名作で、いまだファンが多い。この妻子もちの放蕩男・柳吉《りゅうきち》のような意志薄弱でいい加減な男は、いつの時代でもいる。最後は父親がなんとかしてくれると思っているから、どんな商売も長続きしない。つぶすたびに天婦羅屋の娘・蝶子は芸者に戻るが、だんだん年を取り、この緊急避難策も取れなくなる、と思わすあたりでうまく話を閉じる。父親が死に、柳吉は葬式に行ったまま連絡もほとんどよこさず、長いこと帰ってこない。蝶子は絶望してガス栓をひねったりする。そんなときひょっこり帰ってきて、お前と別れたと実家に思わせないと遺産分配にあずかれないからだという。男は最後までいい加減なのだが、蝶子はその言い訳を信じてあげる。そして、二人で夫婦善哉（二椀出てくる汁粉《しるこ》）を食べる。もちろん「善《よ》き哉《かな》」に引っかけている。いまいそうもないのは、生活のことでは微塵もゆるがない女のほうだろう。

川端康成が本作を「若さがない」と評したというが、確かにデビュー作にしては読ませるテクニックがあり、語り口も熟成していて、出来すぎているのかもしれない。

■病気がちの青年が書店にレモンを置き、爆発したら愉快だと妄想する

檸檬

れもん（大正一四［1925］年）

梶井基次郎　かじいもとじろう（明治三四～昭和七［1901～1932］年）【大阪府】

京都で焦燥の日々を過ごす青年が、果物屋でレモンを一つ買う。肺を病み微熱が続く彼の手から冷たさが全身に伝わり憂鬱がまぎれるが、遠ざかっていた洋書店に入ったとたん、その幸福感が消える。美術書を積み上げてその上にレモンを置き、青年はそれが大爆発したらどんなにおもしろいことかと想像し、胸を熱くする、という話。

【解説】

作者の出世作で、以前は文学青年の必読書であった。肺を病んだ作者は鋭い感受性で自分を見つめ、きらめくような短篇を少数残して三〇歳で早世している。死後、その作品の評価が高まり、日本近代文学の古典ともいうべき地位を占めるようになった。

当時の時代背景としては、研究書によれば、左翼が台頭して多くの物書きも左傾化する中、芸術派は頽廃《たいはい》のポーズを取り始めて、知的デカダンス文学が生まれ、その最初の作品がこれだという。もっとも、こういったことを知らなくても、洋書店の「丸善」さえわかれば、その鮮烈さは充分に伝わってくる。

本作では、鬱々として楽しまない青年が、一個のレモンをもったとたんに生気がよみがえり、丸善に行こうという気になる。この丸善とは、明治初期から洋書をはじめ文具、香水など高級輸入品を扱った会社で、文化人御用達といったイメージが強く、ここでは権威の象徴として扱われている。そこの美術書コーナーに想像上の爆弾を仕掛けることで、美の権威の象徴と倦怠を明白に対比させた。余談ながら、丸善京都店は一時閉店していたが、その後復活した。

【その他のおもな作品】

「城のある町にて」「冬の日」「櫻の樹の下には」

■朝鮮で創氏改名を迫られた大地主が、民族の誇りを貫き自殺する

族譜

ぞくふ（昭和三六［1961］年）

梶山季之　かじやまとしゆき（昭和五〜昭和五〇［1930〜1975］年）【ソウル】

戦前、創氏改名《そうしかいめい》政策が進む朝鮮で、ある役人の受けもち区域の改名実績が悪かった。そこの大地主は、姓だけは変えられないと役人の頼みを拒み、小作たちもそれに倣《なら》った。役所や憲兵隊、果ては孫が通う学校でも陰湿ないやがらせが続き、ついに大地主は改名手続きを取るが、その夜、石を抱いて古井戸に飛び込み自殺する、という話。

【解説】

京城（現・ソウル）に生まれ育ち、総督府に勤める父親をもつ作者が、三度も書き直して発表するというこだわりを見せた作品である。創氏改名とは、朝鮮式の姓を日本式のものに変えろという総督府の政策で、届け出制で任意という建前だが、実際は自発を強制するという形で行われ、最終的に八割が改名している。タイトルの「族譜」とは、この大地主のような名門が最も誇りとし大事にしていた、創氏以来の一族の系図がすべて書かれた古文書のようなもので、そのために自分の代で終わりになるのはご先祖様に申し訳が立たない、下の名前なら変えてもかまわないと抵抗する、いってみれば民族の誇りの象徴のような存在である。この大地主にはモデルがあり、日本軍に二〇〇〇石もの献米をしたことのある全羅北道の大地主で、子供が学校で先生に、改名しないと進級できないと脅され、やむなく改名、その夜に自殺している。

作者の本作と「李朝残影」（美術学校に通う日本人青年と京城の妓生《キーセン》との出会いと別れを描いている。三・一独立運動を扱っている数少ない日本作品）は韓国で映画化されている。これは、日本人作家の原作としては異例のことである。

【その他のおもな作品】

「黒の試走車」「赤いダイヤ」「悪人志願」「生贄」

■旅先で男が病気の婚約者の世話をする芸者と出会い、愛し合うようになる

雪国　ゆきぐに（昭和一二［1937］年）

川端康成　かわばたやすなり（明治三二〜昭和四七［1899〜1972］年）**【大阪府】**

親の遺産で暮らす男が、雪国の温泉町で駒子という女と一夜をともにする。やがて彼女は許嫁《いいなずけ》の治療代のため芸者になる。懸命に生きる彼女に男はひかれ、また年に一度、気まぐれに訪ねてくる男に駒子も次第にのめり込んでいく。駒子の許嫁が死に、その妹・葉子との女同士の微妙な確執の中、男は葉子の魅力にもひかれていく、という話。

【解説】

名作として知られる本作は、昭和一〇年から昭和一二年にかけて各誌に分載されたもので、最後の加筆は戦後の昭和二二年に行われている。筋らしい筋はなく、主人公である舞踊研究家の島村はほとんど意思をあらわさず、主人公でありながら、傍観者で観察者の立場を取っている。

それを明白にあらわす心理描写がある。「駒子の愛情は彼に向けられたものであるにもかかわらず、それを美しい徒労であるかのように思う彼自身の虚しさがある」。そして、それだけに駒子の生きようとしている命が裸の肌のように触れてくる、という。自分はただの触媒で、触発され醸《かも》し出される、女の美しい徒労を観察し楽しむ。そして読者もまた、主人公をほとんど介さない女の美しい心の乱舞に立ち会っていく。駒子が葉子に嫉妬して、まったく意味のない手紙を葉子に託して島村のところにもっていかせたり、駒子に「君はいい女だ」というと、駒子が突然、おそらく別れの予兆を感じ取って取り乱したりする様に、何かを感じ取れないと成立しない小説である。

最後、三人の関係がどうなったのか書いておらず、繭《まゆ》小屋の火事で二階から落ちた葉子を、気が狂ったように運ぼうとする駒子のシーンで終わる。二人の微妙な確執が終わり、もう島村の居場所はなくなった、というように読める。

■最後の本因坊といわれた男が、若手を相手に引退碁を打って負ける

名人

めいじん（昭和二六〜二九［1951〜1954］年）

川端康成 かわばたやすなり（明治三二〜昭和四七［1899〜1972］年）【大阪府】

昭和一三年、囲碁の名人の引退碁が行われる。名人は病気がちで晩年は勝負碁を打てなかった。しかし相手は時の第一人者。生涯、必死で戦い、「不敗の名人」として知られた彼は、全力を挙げて打つ。途中、彼が体調を崩して勝負は半年を要すが、結局、負ける。精魂傾けたこの勝負が命取りとなり、名人は一年後この世を去る、という話。

【解説】

実在の本因坊秀哉《しゅうさい》名人と親交があり、実際に引退碁の観戦記も書いた作者の、限りなくノンフィクションに近い、あまり取り上げられることがない代表作の一つ。

例によって卓抜した観察者の立場から、自分の体を運ぶほどの力もないという秀哉名人を見つめていく。主題はおそらく、古き良き日本と新時代の交錯である。実際、秀哉以後、たとえば封じ手といわれる、相手に隠して行われる「次の一手」は、それまで上位者の権利だったものが変わっていくし、本因坊という名跡も、家元制から誰でも獲れる実力制に変わっていく。囲碁は先手有利なのだが、ハンデをつけて、先手後手対等にすることも行われていくようになる。

近代化の代表が対戦相手の大竹七段で、秀哉名人が守旧派の代表という図式だ。もちろん作者の目は、「碁盤の前に座ると大きく見えたのは、無論、芸の力と位であり、修行のたまものであった」と書く体重八貫（約三〇キロ）、身長五尺（約一五〇センチ）しかない老名人に注がれる。戦いは名人有利に進むが、対戦相手が意表を突く手を放ち、その手が名人を怒らせるあたり、息をのむような緊迫感がある。


【その他のおもな作品】

「伊豆の踊子」「千羽鶴」「山の音」「眠れる美女」「古都」

■仇にめぐり合ったにもかかわらず、若者は悟りを開いた男を討てない

恩讐の彼方に

おんしゅうのかなたに（大正八［1919］年）

菊池寛 きくちかん（明治二一～昭和二三［1888～1948］年）**［香川県］**

主人の妾《めかけ》に手を出した若い武士が、主人を殺し女と逃走。美人局《つつもたせ》、追いはぎ、切取強盗まで犯すが、女を捨て、寺に駆け込み改心する。人助けなどしながら旅をして九州・耶馬渓《やばけい》に達し、絶壁の難所に道を拓くことに生涯をかける。主人の子が敵討《かたき》ちに来るが、一心不乱な男を見て、斬れない。敵も手伝ううちついに難所が貫通する、という話。

【解説】

「忠直卿行状記」などと並び、作者の出世作となった短篇である。作者の作品は簡潔にして明瞭で、人の情を自在に扱い、大いに大衆的人気を博した。「父帰る」という戯曲もそうで、妻子を捨て出奔《しゅっぽん》した父親が、二〇年ぶりに落ちぶれて帰ってくる。父をよく知らない弟妹、そして母親は父を受け入れるが、つらい思いをした長男だけは許さない。しかし、寂しげに去った父親を弟たちとともに必死で探しに行くという最後で、大衆の紅涙《こうるい》をしぼった。大衆は情が何より好きだということをよく知っていたのである。

本作もまた、修行して僧となった了海のもとに敵があらわれ、どうなるかと思っていると、いくつも想定される展開中、最も大衆好みのところに行き着く。そういう意味では予想を上回る。

二〇〇メートル近いトンネルを開けたのは実在の僧・禅海で、二〇年とも三〇年ともいわれる年月を費やしているが、もちろん彼は過去に人殺しはしていない。史実をうまく使い、ヒューマンドラマに仕立てる力はさすがである。

【その他のおもな作品】

「父帰る」「真珠夫人」「貞操問答」

■武蔵野に住む男が、あたりの自然やそこで生きる人々の姿を詩情豊かに語る

武蔵野 むさしの（明治三一［1898］年）

国木田独歩 くにきだどっぽ（明治四～明治四一［1871～1908］年）**【千葉県】**

渋谷村（現・東京都渋谷区）に住む男が、秋の初めから春までの風景を日記につづる。また、ツルゲーネフの「あひびき」を引用して、その文中のロシアの森の美しさと武蔵野の林の美しさを比べる。男は武蔵野を歩き回り、あるときは武蔵境から玉川上水を歩いてみる。そして、自然と都会が接する郊外の美しさを愛する、という話。

【解説】

平成人が武蔵野と聞けば、吉祥寺より先、小金井あたりを思い浮かべるだろうが、国木田独歩の生きていた明治三〇年頃、現在の渋谷はまだ郊外で、武蔵野の林野の始まる場所だった。小説家の田山花袋は明治二九年一一月に渋谷村に住む独歩を訪ねているが、その場所は現在の渋谷公会堂のあたり。葡萄棚があり、近くには牧場があって牛が啼《な》いていたという。

「武蔵野」は小説というよりは、現在ならエッセイに分類される小品だ。しかし、自然の美しさを描き、そこで生きる農民の姿を描き出したという点で、独特の個性をもつ。「今の武蔵野は林である。（中略）元来日本人はこれまで楢の類の落葉林の美を余り知らなかった様である」「木の葉落ち尽せば、数十里の方域に亘る林が一時に裸体になって、蒼《あお》ずんだ冬の空が高く此上に垂れ、武蔵野一面が一種の沈静に入る」こんな文章によって、武蔵野の自然の美しさが賛美されている。

国木田独歩は理想を求めて教師やジャーナリストになったりしたが成功しなかった。恋多き作家は、わずか三七歳で肺結核のため茅ヶ崎で亡くなった。

【その他のおもな作品】

「牛肉と馬鈴薯」「空知川の岸辺」「正直者」「湯ヶ原ゆき」

■柳の樹霊が正体を隠して若侍と結婚するが、破局する（他）

怪談 かいだん（明治三七［1904］年）

小泉八雲 こいずみやくも（嘉永三～明治三七［1850～1904］年）**［ギリシア］**

日本各地の民話や古典に取材した怪談集。その中の「青柳のはなし」は、能登の太守の家臣の侍が内密の命令で旅したときに猛烈な吹雪に遭い、柳の木立の茂る丘の一軒家で休息する。そこで美しい娘と出会い結婚するが、五年後のある日、妻が急に苦しみ出す。彼女は実は柳の精で、木が切られたため消えてしまい、侍は出家する、という話。

【解説】

小泉八雲ことギリシア生まれのアイルランド人、パトリック・ラフカディオ・ハーンは明治二三年、三九歳のときにアメリカから憧れの日本にやってきた。松江などに住みながら日本各地の風俗を海外に紹介し、怪談や不思議な話を集めて作品集を発表。その一つが「怪談」で、一七篇の怪談と三つのエッセイをまとめた「虫界」という文章とともに英語版で出版された（「Kwaidan」）。

「怪談」には有名な「耳なし芳一」をはじめ「むじな」「ろくろ首」「雪おんな」など、その後、日本の怪談の定番となる作品が集められている。彼がなぜ日本の怪談に興味をもったのかについては、まず彼自身が子供の頃、非常に鋭敏で、幽霊をよく見ていたこと、その恐怖がカトリックの教えの中で増幅され、キリスト教以外の世界の神々に興味をもったことなどが理由として挙げられている。彼は松江でまず中学校の教師となり結婚したが、松江にいたのはわずか一年ほど。その後、熊本、神戸と移り、東京帝国大学の英語科講師となった。日露戦争へと向かう時代の中で、近代化によって「古き日本」が失われていくことを嘆きながら、東京で亡くなった。

【その他のおもな作品】

「知られざる日本の面影」「骨董」「霊の日本にて」

■不良だが仲のよかった弟が結核になり、その死を姉が看取る

おとうと

（昭和三二［1957］年）

幸田文　こうだあや（明治三七〜平成二［1904〜1990］年）【東京都】

東京郊外、隅田川の近くに住む姉弟は、父親が高名な小説家で、実の母親は亡くなって継母がいるが、病気がちのため、家事は姉がすべて切り盛りしていた。弟はキリスト教系の中学に入るが、次第にグレ始め、万引きがバレて退学させられる。弟をめぐって家族の関係はバラバラとなるが、弟は結核にかかり、やがて病院で死ぬ、という話。

【解説】

幸田露伴の次女・幸田文は、父の死後から作家活動を始め、おもに父親や、自分の幼少時代のことを随筆としてまとめ注目された。しかし一時期、活動に行き詰まりを感じ、芸者置屋に住み込み、その経験を「流れる」に書いた。「おとうと」はそれに続く長篇であり、登場人物の名前は変えてあるが、自分の家族、特に弟の死ぬまでを書いた作品である。姉はげん、弟は碧郎《へきろう》という名で、父親は高名な作家、継母はリウマチを病むキリスト教信者で家族に関心がない。姉は家事いっさいを担当しながら女子学院に通い、弟は中学に入ってグレてしまう。弟の若さは卓球、ビリヤード、馬術、ボートなどの遊びに費やされ、父親は弟を溺愛して遊びの金まで与える。

小説の後半は都内の病院での闘病記で、姉はずっと結核の弟の看病をする。一時病状は改善するものの、彼はやがて亡くなる。その過程を姉の視点から描いている。

幸田文の小説は時代の流行とはまったく無縁だけれど、独特の言葉遣いによって細密な心の動きが描き出されていて、ファンも多い。父・露伴の兄弟姉妹は皆キリスト教信者であり、姉の延、幸は音楽家だった。

【その他のおもな作品】

「みそっかす」「きもの」「木」「闘」「黒い裾」「流れる」「勲章」

■貧乏大工が親方を差し置いて、五重塔を一人で完成させる

五重塔

ごじゅうのとう（明治二五［1892］年）

幸田露伴 こうだろはん（慶応三～昭和二二［1867～1947］年）【東京都】

谷中の感応寺に五重塔建設の話が出る。源太という棟梁が引き受けるが、のっそり十兵衛と呼ばれる、腕はいいが気働きしない大工が寺の上人と棟梁に食い下がり、仕事を奪う。見事に塔を完成させたところを暴風雨が襲うが、自信をもつ十兵衛は見に行こうともしない。一夜明けると塔は無傷でそびえ立っていた、という話。

【解説】

作者は、仏師、刀鍛冶、釜師などの職人、すなわち市井《しせい》にあり、無名の芸術家ともいえる男たちを好んで取り上げており、その職人気質物の代表作といわれているのが、大工を選んだ本作である。

十兵衛を突き動かしたのは、百年千年後も残るであろう建築物を自分だけの力で作り上げたいという、物作りのこだわりとエゴである（もちろん、物書きである作者自身の心根も反映されているだろう）。このエゴが義理、人情といった世間的常識を無視させる。棟梁のほうは、そういったものに憑《つ》かれた十兵衛に押され、結局、江戸っ子の気風のよさを見せなければならなくなる、という本作の半分を占める息詰まるような二人のやりとりの描写は見事である。もう一つ、最後に暴風雨に襲われ塔がきしみ出し、人々が大騒ぎとなるあたりの描写もまた迫力がある。

余談ながら、十兵衛（史実では八田清兵衛）がこれほどこだわった五重塔も千年はもたず、昭和三二年、「放火心中事件」で焼け落ちている。このとき名所を失った谷中の人たちは「バカヤロ、高え薪代使いやがって」と憤懣《ふんまん》をぶちまけたという。

【その他のおもな作品】

「風流仏」「露団々」「新羽衣物語」「運命」

■蟹工船で働く底辺の男たちが過酷な労働への不満から立ち上がる

蟹工船

かにこうせん（昭和四［1929］年）

小林多喜二 こばやしたきじ（明治三六～昭和八［1903～1933］年）【秋田県】

函館港から出港する蟹工船には、炭坑夫をやめてきた者、周旋屋《しゅうせんや》にだまされた学生など貧しい労働者が詰め込まれていた。カムチャッカ半島沖で荒天の中、彼らは過酷な労働を強制されるが、人が死んでも監督は気にしない。労働者たちの不満がたまり争議となり、海軍の駆逐艦がやってきて威圧するが、彼らは抵抗する、という話。

【解説】

日本におけるプロレタリア文学の代表的な作家・小林多喜二の代表作である。小林は秋田生まれで北海道育ち。拓殖銀行に勤めながら作品を書いた。「中央公論」に発表した「不在地主」がもとで解職され上京、日本プロレタリア文学作家同盟書記長となる。そして、特高に逮捕されて築地署内で拷問を受け絶命、まだ二九歳の若さだった。

オホーツク海で操業する蟹工船の実態を生々しく描いた本作の冒頭は、「おい地獄さ行ぐんだで！」という印象的な言葉で始まる。船員は食い詰めた人間ばかりで、「糞壺」と呼ばれる船倉内の寝床に詰め込まれる。嵐の海で蟹を獲り加工するその労働は過酷で、栄養不足から脚気になる者も多いが、監督は暴力的に働かせる。それを無視すると北の海での死が待っている。嵐の中で他の船が遭難、沈没しても助けにも行かない。

カムチャッカの沖合に停泊して蟹を獲るのだが、ロシアの他に、日本海軍も蟹工船を監視している。船で争議が起きたときに鎮圧するためだ。耐えきれなくなった労働者たちが自然発生的に争議を起こすと海軍の駆逐艦がやってきて首謀者たちを連れ去る。しかし、それでも残った者がまた争議を始めるところで、小説は終わる。

【その他のおもな作品】

「一九二八年三月十五日」「党生活者」「工場細胞」

■戦時下、映画演出家の下宿に精神を病んだ女が逃げ込んでくる

白痴　はくち（昭和二一［1946］年）

坂口安吾　さかぐちあんご（明治三九～昭和三〇［1906～1955］年）**［新潟県］**

戦時中、場末の商店街にある男の下宿に、隣人の資産家の女房で白痴の女が転がり込んできて、肉欲だけのためにその女との同居生活が始まる。世間の目があるため、空襲があっても周りが避難したあとでなければ逃げられない。あたり一面が炎上して女を抱えて逃げ出し、そのとき女が一瞬だけ正気に返り感激する、という話。

【解説】

作者は、前作の「堕落論」（「人間。戦争がどんなすさまじい破壊と運命をもって向うにしても人間自体をどう為しうるものでもない」「人間は変りはしない。ただ人間に戻ってきたのだ」「人の如くに日本も亦《また》堕ちることが必要であろう。堕ちる道を堕ちきることによって、自分自身を発見し、救わなければならない」「しぶとく生きよ、堕ちよ」と問いかけ、話題になったエッセイ）と本作で、戦後、混乱の中にある人々の心を強くつかみ、一躍、流行作家となった。

本作の主人公の伊沢は、いわれるままに文化映画を作り、クビになったらどうなるのか、それだけを心配するような男で、そこに女が飛び込んできたときにも、やはり世間体を気にして怯《おび》える。そうした日常と男の小心を空襲が吹き飛ばしてしまう。男はただ一個の肉体に還《かえ》り、女を必死に抱えて逃げ出し、事態が一段落したあと、豚のようないびき声を立てている女を見捨てられなくなる。最後、男は思う。「今朝は果して空が晴れて、俺と俺の隣に並んだ豚の背中に太陽の光がそそぐだろうか」と。これは、明日はともかく、今日をしぶとく生きていこうという作者のメッセージである。

【その他のおもな作品】

「青鬼の褌を洗う女」「桜の森の満開の下」「不連続殺人事件」「風と光と二十の私と」

■祖父と母の不義の子である作家が結婚するが失敗し、山にこもる

暗夜行路

あんやこうろ（昭和一二［1937］年）

志賀直哉 しがなおや（明治一六～昭和四六［1883～1971］年）**［宮城県］**

若い作家は祖父の妾であった女と暮らしていたが、結婚が破談となり、尾道へ転居。そこで、兄からの手紙で自分が祖父と母との不義で生まれた子であることを知る。京都に移って結婚するが、最初の子は病気ですぐ亡くなり、妻は留守中に従兄弟と間違いを犯す。作家は鳥取の大山にこもり、大病を発するが、心は穏やかになる、という話。

【解説】

「小説の神様」と呼ばれた志賀直哉の唯一の長篇小説。原点となった習作「時任謙作」は明治四五年（大正元年）から書き始められ、「暗夜行路」前篇が大正一〇年、そして後篇が完結したのが昭和一二年と、足かけ二五年にわたって書き続けられた。

主人公の時任謙作は若き作家だが、赤坂福吉町にお栄という女中と住んでいる。謙作は亡き生母の友人の娘との結婚を考えるが拒否され、尾道に越して心の傷を癒そうとしたが、兄からの手紙で自分が祖父と母の不義の子であり、それが因で結婚がうまくいかず、父親もそれで自分を嫌っていることを知る。お栄と一緒になることも考えるが、結局、謙作は京都で直子という娘を見初めて結婚するのである。

志賀自身は主人公のモデルではないが、もともと父と折り合いが悪く、その理由として自分が祖父と母の不義から生まれたと想像し、そこからこの小説のアイデアを得たという。小説の冒頭部「序詞」とされている部分が祖父の思い出から書き出されているのは、そのせいである。謙作はかんしゃくもちで、妻に暴力を働いたりするのだが、志賀自身も相当なかんしゃくもちであったことが知られている。

【その他のおもな作品】

「小僧の神様」「城の崎にて」「赤西蠣太」「万暦赤絵」

■江戸の町人と居候が、失敗を繰り返しながら東海道を伊勢へ向けて旅する

東海道中膝栗毛

とうかいどうちゅうひざくりげ（享和二［1802］年）

十返舎一九 じっぺんしゃいっく（明和二～天保二［1765～1831］年）**［静岡県］**

江戸の神田八丁堀に住む男とその居候が、借金もそのままに家をたたみ、東海道を伊勢へ向けて旅に出る。馬も駕籠《かご》も使わず歩いて東海道を旅していく間に、各宿場で様々な人と出会い、失敗を重ねていく。遊女や飯盛女《めしもりおんな》とうまくやろうとするが、ことごとくしくじる。そうするうちに、やがて伊勢へとたどり着く、という話。

【解説】

一般に「弥次喜多《やじきた》道中」として有名なこの物語は、一九世紀初頭の江戸の読みもの界に突然あらわれた大ヒット小説である。「お伊勢参り」の行程を、二人のいわばフリーター（あるいはニート）が旅していく。お金もそんなにないので、途中で駕籠かきをだまそうとしたり、宿屋と値引き交渉をしたりするも、なかなか一筋縄ではいかない。しかし、弥次郎兵衛（弥次さん）と喜多八（喜多さん、北八とも表記）の二人は、お互いを主従に見立てたりして、常に落語のような会話を楽しみながら旅をしていく。

「黄表紙《きびょうし》」とは江戸後期の小説で、絵入りで滑稽な話をつづる大衆小説なのだが、「膝栗毛」はその代表的な作品の一つ。しかも、狂言などの古典的な笑い、東海道の名所の見聞記、ちょっとエロティックな女性とのかかわりなど、実にたくさんの要素を詰め込んだ作品である。会話が中心なので、非常に読みやすい。

初篇が出版されたときには「浮世道中膝栗毛」と題され、まだ東海道の名前はなかった。当初は売れると期待されていなかったらしいが、いったん好評を得ると、続篇も含めて文政五年まで、延々二二年間も続く人気作となった。享保の改革以降、清貧を余儀なくされた人々の期待に応える、開放的な読みものだったのだ。

十返舎一九は静岡に生まれ、大阪で一時期、戯作者として活動した後、江戸に渡って版下などを作りながら作家として認められるようになったという。

■夫の浮気のせいで精神を病んだ妻が、夫を問い詰め続ける

死の棘 しのとげ（昭和五二［1977］年）

島尾敏雄 しまおとしお（大正六～昭和六一［1917～1986］年）**【神奈川県】**

作家の夫が女性との外泊を繰り返し、妻は精神に異常をきたす。妻は何日も寝ずに夫を問い詰め、そのために夫は仕事もやめざるを得ない。夫は自殺を企てもするが、決行することができない。家を売って転居し、子供たちは親戚に預けられるが、それでも病状が好転しない妻は精神病院に入院し、夫もともにそこで生活を始める、という話。

【解説】

夫・トシオの浮気を執拗に問い詰める妻・ミホ。その問い詰め方が尋常ではなく、妻が疲れるまで何日でも続く。そのせいで勤め先にも妻と子供を連れていかねばならず、その移動の間にも妻は夫の女の姿を探して回る。しかし、ミホのこだわりには理由がある。第二次大戦中の奄美大島で、トシオは特攻隊員であったが、結局、戦闘に出ていくことはなく、その間にミホと知り合う。彼女には婚約者がいたものの、トシオと結婚するために奄美を離れたのである。トシオは神戸、東京と移り住み、作家として活動を始める。ところが、ある文学グループを通して他の女と付き合うようになり、それが妻の精神に異常をもたらす。トシオがどんなに妻に責められても逃げないのは、結局、奄美での強いつながりがあったからだ。

トシオはミホとの出来事を、再び奄美に移り住んでから、回想するように小説に書き始める。「死の棘」としてまとめられた作品の最初の章が書かれたのは昭和三五年、完結したのが昭和五二年。長い月日をかけて、一種の贖罪《しょくざい》のようにこの小説を書き続けたのだった。小栗康平監督によって映画化もされている。

【その他のおもな作品】

「出発は遂に訪れず」「われ深きふちより」「夢の中での日常」「魚雷艇学生」

■王政復古を夢見た男が維新の波にもまれ、狂って寺に火をつけて死ぬ

夜明け前

よあけまえ（昭和一〇［1935］年）

島崎藤村 しまざきとうそん（明治五〜昭和一八［1872〜1943］年）**［岐阜県］**

黒船が日本にやってきた頃、木曾の宿場の本陣の長男は国学に傾倒する。明治維新の波の中、男は家督を継ぐが、新しい世の中は、男の思いとは違って西洋化していく。先祖代々の森も官有とされ、抗議した男は戸長《こちょう》を解任され、役所勤めの後に神官となるが、やがて地元の寺に放火し、狂死する、という話。

【解説】

幕末から維新、そして明治の新しい時代を背景に、木曾の宿場町の庄屋の長男・青山半蔵が時代の波に翻弄される姿を描いた長篇小説である。半蔵のモデルは藤村の父で、藤村は長い間、その事跡を調査したという。「木曾路はすべて山の中である」という書き出しは、川端康成の「雪国」のそれと同じくらい有名だ。

黒船来航という事件に始まり、非常に細かなところまで史実を追いかけた描写が多い。その大きな歴史の動きと同時進行で、木曾の馬籠宿《まごめじゆく》の日常、木曾の自然、東京（江戸）の情景などが書かれているので、歴史書を読むような感じさえしてくる。

半蔵は、父から家督を譲られると宿場の仕事に奔走するが、王政復古の時代となってもいにしえのよき精神は戻ってこず、理想とは違う「殖産興業」の明治の現実が半蔵を襲う。制度改正でも、特に山林の国有化の問題が半蔵を追い詰める。上京して教部省に勤めるが、役所勤めにもなじめない。さらに天皇への直訴事件を起こしてしまい、その後、飛騨の宮司となるが、帰郷して村の寺に火をかける。歴史の大きな動きにもまれて狂気に陥る半蔵の姿に、近代日本の忘れたものが象徴されている。

【その他のおもな作品】

「破戒」「春」「家」「新生」、「若菜集」（詩集）

■貧乏御家人の養子となった男に子ができ、その子が国運を担う

父子鷹

おやこだか（昭和三一［1956］年）

子母澤寛 しもざわかん（明治二五～昭和四三［1892～1968］年）**【北海道】**

徳川一一代将軍・家斉《いえなり》の時代、家禄四〇俵の貧乏御家人の養子になった気性の激しい男は、学問はしないが剣術ができた。しかし、役職につけず、スリや半端者を従え下町・深川界隈を闊歩《かっぽ》する。男に子ができ、その子も親に似た気性だったが、やがて文武両道にすぐれた旗本になり、海舟と名乗り幕末の混乱期を収束する、という話。

【解説】

幕末の英傑・勝海舟の父親・小吉（御家人の養子となった男）の半生を描いた小説である。家斉の時代はまだ幕末ではないが、幕府はひどい財政難に陥り、最後の頃には「大塩平八郎の乱」なども起き、明らかに体制破綻《はたん》の兆《きざ》しがあらわれ始める。

そんなときに海舟が生まれ、後に西郷隆盛相手に江戸城無血開城などの大仕事をなしとげる。この海舟が「鷹」なのはわかっているが、さてケンカ好きで、役にありつくには過剰な接待をしなければならなかった風潮を嫌い、生涯無役だったというその父親・小吉は、果たして伝えられているように「ただの暴れ者のトンビ」だったのか、という長篇である。

結論は、「トンビ」が「鷹」を生んだのではなく、父子ともに「鷹」だったという痛快時代劇である。

この続篇に「おとこ鷹」があり、こちらは父親譲りの度胸と男気、さらには蘭学、海軍運用知識などを身につけて、幕府内で少しずつ頭角をあらわしていく勝海舟その人を描いている。

【その他のおもな作品】

「新選組始末記」「新選組遺聞」「富嶽二景」「勝海舟」

■会社の金を横領した男がクビになり、平穏な家庭を壊す

プールサイド小景

プールサイドしょうけい（昭和二九［1954］年）

庄野潤三 しょうのじゅんぞう（大正一〇〜平成二一［1921〜2009］年）【大阪府】

妻と二人の子もちの会社員は使い込みがバレてクビになり、妻は狼狽《ろうばい》、少し前の平穏な生活すら思い出せなくなる。妻は夫との久しぶりの会話で、夫が不安な思いで会社に行っていたことを初めて知り、別の女の影を見るも、いい出せない。夫は世間体のため毎日背広で出かけるが、妻はただ何事もなく戻ってきてほしいと願う、という話。

【解説】

芥川賞を獲った切れ味鋭い短篇である。作者の別の作品に、「家庭の危機というものは、台所の天窓にへばりついている守宮《ヤモリ》のようなものだ」という表現がある。ヤモリはささいな隙間に忍び込んでくる。生や日常生活の危うさをじりじりあぶり出すのは、作者が得意としたモチーフであった。

夫が子供をプールに連れていき、それを迎えにいく妻。普段はいくら帰りが遅くとも、このように休日に埋め合わせをしてくれればかえって充実感がある、というくらいにしか思っていなかった妻は、夫から、会社の椅子はその人間からしみ出た憤怒、苛立ち、グチ、泣き言、絶えざる不安や恐れなどで油まみれになっているという話を初めて聞き、茫然とする。十数年の夫婦生活はいったいなんだったのか。夫がニセの通勤で出かけると不安感は頂点に達し、ビルの屋上にたたずむ夫の幻影を見る。

ラストシーンは当時、衝撃を与えた。夫や子供が練習していたプールは、生徒たちの練習が終わりひっそりとしている。コーチの男が一人、プールの中のゴミを拾っている。近くを通る電車からはポツンと男の頭が一つ、水面に浮いているように見える。

【その他のおもな作品】

「ガンビア滞在記」「静物」「夕べの雲」「野菜讃歌」「星に願いを」

■作家が浅草に移り住み、下町の人々の人情に触れて感激する

如何なる星の下に

いかなるほしのもとに（昭和一五［1940］年）

高見順 たかみじゅん（明治四〇～昭和四〇［1907～1965］年）**【福井県】**

大森に家があるのに浅草の安アパートで暮らす作家は、メソメソした小説ではなく逞しく力強い小説を書きたいと思っていた。住民から、何か書くネタを探して歩いているのではないかと見透かされているようで落ち着かないが、浅草の生活感情や正直に生きる人たちに触れるうち、やはり浅草に来てよかったと涙を流す、という話。

【解説】

作者の分身である主人公の小説家・倉橋は、何のために浅草に移り住んだか自分でもわからず、住人から猟奇の気持ちで浅草をぶらつく人間は嫌いだといわれると、本心を見透かされたように動揺する。その目的探しの間にレビュー娘などとの淡い交流が描かれ、時に作者本人が顔を出し、どうも筋がさっぱり先に進まないなどという。最後まで筋らしい筋はないが、移り住んだ動機だけは少し見えてくる。倉橋の日記という形で語られるのだが、戦争という能力が最大限発揮される営みを描くには、最大限に高められた人間性が求められるが、自分にはそれができないなどとウジウジ述べるあたりに、浅草への旅が文学放浪であることがわかる。

さらに、何か確かなものをつかみたいということもわかるシーンがある。K劇場で映画を観ていると、貧乏なブリキ職人が金がなくて年を越せないというドタバタシーンで、以前、丸の内で観たときには観客はゲラゲラ笑っていたのに、浅草ではあちこちからすすり泣きが聞こえてくる。この瞬間に、やはり浅草に来てみてよかったと涙する。そこには、確かな生活リアリズムがあったということか。

【その他のおもな作品】

「故旧忘れ得べき」「わが胸の底のここには」「激流」「いやな感じ」

■戦地で捕虜になり、仲間を捜しに出かけた兵隊が帰国を断念する

ビルマの竪琴

ビルマのたてごと（昭和二三［1948］年）

竹山道雄 たけやまみちお（明治三六～昭和五九［1903～1984］年）【大阪府】

太平洋戦争末期のビルマ戦線。音楽家の隊長が率いる「歌う部隊」は英軍に降伏する。水島上等兵は隊長の命で、終戦になっても投降しない友軍の説得に行くが、何カ月も帰らない。本国帰還の日が迫ったとき、一人の僧が収容所にあらわれ日本の歌を竪琴で奏で、仲間の遺骨を置いていけないからここに残るという手紙を残して去る、という話。

【解説】

ドイツ文学者だった作者が唯一残した小説である。本作を書くにあたって、作者に示唆を与えた人物がいて、その人物に対する深い敬意が、いかなる困難な状況下にあっても人として凛《りん》とした姿勢を崩さない音楽家の隊長や水島上等兵を描かせたという。また、第一高等学校で教鞭を執っていた作者自身の教え子をはじめとする多くの犠牲者に対する鎮魂と、荒廃する戦後日本人に人としての誇りを取り戻してほしい、という思いもあり、本作を書き上げたようだ。

敵に囲まれたとき「埴生《はにゅう》の宿」を歌いながら迎撃態勢を取っていると、英軍も歌い始め、はからずも「和解」し、無血降伏するというシーンに、人間はどうにかしてわかり合わなければならない、という作者の深い思いがよくあらわれている。最後、何者かから部隊に送られてきたオウムが「ああ、やっぱり自分は帰るわけにはいかない」としゃべるあたりは、一作しか小説を書いていないとは思えないほど巧みである。

映画化は市川崑監督が二度行っているが、どうしても昭和三一年版がすぐれているように思えてしまう。二回目の昭和六〇年には、もう日本の俳優は太平洋戦争時の兵隊を演じられなくなっていた。

■没落華族の娘・かず子が不倫の子を宿し、混乱する社会で逞しく生きる決意をする

斜陽

しゃよう（昭和二二［1947］年）

太宰治 だざいおさむ（明治四二～昭和二三［1909～1948］年）【青森県】

敗戦で華族の身分を失った母と娘が東京の家を売り、伊豆で畑仕事をして暮らす。弟が戦地から帰るが、母は不遇のうちに死に、弟は新しい社会になじめず、「貴族に生まれたのは僕たちの罪でせうか」との遺書を残して死ぬ。娘は小説家との不倫の子を孕《はら》み、その子を産み育てることで古い道徳と決別しようとする、という話。

【解説】

作者が「日本の『桜の園』を書くつもり」とはっきりいっている中篇で、農奴解放で没落していくロシア貴族の挽歌を描いたチェーホフの「桜の園」を下敷きにしている。娘のアーニャが「桜の園」と呼ばれた領地に未練を残すことなく、「新しい桜の園を作りましょう」と逞しく生きていく決意をするあたりも、かず子の生きざまと同じである。ただ、本家よりかなり複雑な構造を作っており、かつて弟の直治が憧れ、接触があった小説家とかず子には関係があり、その小説家の妻を直治が横恋慕する。さらにその小説家へのかず子の手紙という形で、彼女の内面が描かれていく。伊豆の住まいを買いに来る、「桜の園」を買ったロパーヒンのような男を登場させているのは、作者のいたずら心だろう。

本作執筆中の作者の私生活は、第一の愛人が子を孕み、第二の愛人と出会った頃で、この第二の愛人とともに翌年入水《じゅすい》自殺したものだから、本作中の「死ぬ気で飲んでいるんだ。生きているのが、悲しくて仕様が無いんだよ」というセリフなどが自殺とダブらせて語られたりもした。そうした深読みもいいが、津軽の大地主を実家にもつ作者が、その没落を愛惜《あいせき》をもって書いたと単純に考えていいのかもしれない。それにしても、作者の女性独白体はいつ読んでもうまい。

■ある男が残した三冊の手記から、「私」が、その男の破天荒な人生に迫る

人間失格

にんげんしっかく（昭和二三［1948］年）

太宰治 だざいおさむ（明治四二～昭和二三［1909～1948］年）**［青森県］**

「私」はある人から三枚の写真と三冊のノートを見せられる。それは東北出身のある男の手記だ。男は幼少時から「道化」を演じていたが、あるときそれを見破られる。東京に出た男は非合法運動に参加し、心中事件を起こして自分だけ生き残り、漫画家となるものの、薬物中毒となり病院へ入れられる。そしてやがて結核を発病する、という話。

【解説】

太宰治は昭和二三年六月に玉川上水に身を投げて心中したが、その直前に雑誌「展望」に連載開始されたのがこの作品。第二回の連載時に入水事件が報道され、死亡が確認された直後に第三回の連載が掲載された。まさに事件と同時進行だったのだ。

本作の構造は「はしがき」と「あとがき」に書かれているように、「私」が京橋のスタンド・バーのマダムから三冊の手記を手渡され、それに男の生きざまがつづられているという形だ。主人公の大庭《おおば》葉蔵は東北の金持ちの家に生まれた末っ子。「恥の多い生涯を送って来ました」という「第一の手記」の書き出しは有名だが、主人公はほぼ作者に重なる。葉蔵は「自分の幸福の観念と、世のすべての人たちの幸福の観念とが、まるで食いちがっているような不安」をもち続ける。そこで「道化」となり、なんとか家族や世間との接点を見つけようとするが、それは中学のとき、クラスで最も貧弱で白痴のような竹一という少年によって見抜かれてしまう。

東京に出て酒や女を覚えるが、心中事件で女だけを死なせ、薬物中毒で精神病院に入れられる。「人間失格」とはこのときに葉蔵が手記に書く言葉だ。作者・太宰と主人公・葉蔵は限りなく接近しているが、フィクションとしての構造も太宰は意識している。痛ましさと同時に、文中にちりばめられた表現の鋭さも印象的な作品だ。奥野健男は「太宰はこの『人間失格』一篇を書くために生まれてきた」とまでいっている。

■特に理由もなく心中し、失敗して自分だけが生き残る（他）

晩年　ばんねん（昭和一一［1936］年）

太宰治　だざいおさむ（明治四二〜昭和二三［1909〜1948］年）**【青森県】**

作者の初期の短篇一五本を集めた第一創作集。「道化の華」では、江の島の心中事件でバーの女は死に、無名の洋画家の男は漁船に助けられる。警察は偽装心中を疑うが、兄が上京して後始末をする。病院に友人が訪れ心中の理由をあれこれ推測するが、本当の理由は何もわからない。女が死んだのに、男は友人たちとはしゃぐ、という話。

【解説】

作者の異常に近い感受性が早くも発揮された作品ばかりである。独特の泣き節とでもいうような旋律が奏でられている。実際に太宰は昭和五年に銀座のバーの女と心中事件を起こし、兄が後始末をした。昭和一〇年には新聞社の入社試験に落ち、鎌倉で首吊り自殺を図っている。この後、薬物中毒にも陥る。

「道化の華」は、作者の分身である洋画家・葉蔵と、作者本人の「僕」も顔を出し、葉蔵のいったことを否定したりするからややこしい。作中、葉蔵が妙にはしゃいだりするのに気が差したように、作者が顔を出して弁護する。「なんの、のんきなことがあるものか。つねに絶望のとなりにいて、傷つき易い道化の華を風にもあてずつくっているこのもの悲しさを君が判《わか》って呉《く》れたならば！」と。他作品でも見られるこの徹底した自己肯定を、甘えと取るか、絶望の中でのもがきと取るかで、読者の好き嫌いが大きく分かれる。デビュー二年目の「葉」の冒頭――「死のうと思っていた。ことしの正月、よそから着物を一反もらった。……これは夏に着る着物であろう。夏まで生きていようと思った」というようなレトリックが異様にうまい作家である。

【その他のおもな作品】

「走れメロス」「富嶽百景」「津軽」「惜別」

■五輪の代表選手が女子選手に惚れるが、告白できず別れる

オリンポスの果実

オリンポスのかじつ（昭和一五［1940］年）

田中英光 たなかひでみつ（大正二～昭和二四［1913～1949］年）**【東京都】**

戦前、ボートの代表選手としてオリンピックに参加することになった男が、アメリカに向かう船上で走り高跳びの女子選手に一目惚れし、男はどんどん恋心を募らせていく。帰りの船でその女子選手はちょっとした醜聞にまみれるが、男は必死に彼女をかばう。船は横浜に着くが、ついに男は何の告白もできずに船を降りる、という話。

【解説】

全篇ひたすら彼女を好きだといい続けた青春小説の名作である。早大ボート部に所属していた作者は、昭和七年に開催されたロサンゼルス・オリンピック大会に参加しており、そのときの体験が色濃く反映されている。

出会いのところは、実に初々《ういうい》しくも清々しい。選手名簿で彼女の名前を確かめた内気で人見知りする男は、思いきって彼女に話しかける。「出身は高知ですね」というと、まるで「オリンポスの果実」のような彼女が、荘厳《そうごん》な月明かりのもと土佐の歌を唄い踊り出す。身も心も開放された、すばらしいシーンである。もっともこのあと、派遣団の役員により男女接近禁止令が出される。船上での醜聞とは、薄暗いところで彼女が外国選手にいい寄られて逃げたことに尾ひれがついて噂が広まったもので、内気な男が珍しく色をなして噂を広めた男に詰め寄る。

作者が内気な大男というのは作中人物と同じで、太宰治と親交があり弟子ともいえる存在で、太宰の推薦によって本作は活字になった。晩年といっても若かったが、作者は薬物や酒に溺れ、太宰が入水自殺した翌年、太宰の墓の前で自殺した。

【その他のおもな作品】

「野狐」「さようなら」「酔いどれ船」

■刺青師が理想の肌をもつ女を薬で眠らせ、蜘蛛の刺青を彫る

刺青

しせい（明治四三［1910］年）

谷崎潤一郎　たにざきじゅんいちろう（明治一九～昭和四〇［1886～1965］年）【東京都】

浮世絵師くずれの若い男は、理想の肌を求める刺青師となっていた。あるとき、女の白い足を見て魅了されるが、女はいずかたともなく消えてしまう。その後、男の家に使いで来た娘がその女だとわかると、睡眠薬で眠らせ、寝ている間に蜘蛛の刺青を彫ってしまう。娘は起きると驚きもせず、むしろ美しい刺青によって変貌する、という話。

【解説】

谷崎潤一郎の初期の傑作として知られる短篇小説。小山内《おさない》薫、和辻哲郎らと作った「新思潮」（第二次）に発表され、永井荷風が絶賛した。雑誌創刊当時、谷崎は東京帝大国文科の学生だったが、実家が没落し、学費未納で諭旨退学となる。まだ文壇では認められず、精神的に落ち込んでいた時期でもあった。しかしながらこの「刺青」をはじめ「麒麟《きりん》」「少年」「幇間《ほうかん》」などを次々に発表して文壇での地位を確保した。

本作品は独特の世界観をもった小説だ。時代は江戸。「それはまだ人々が『愚《おろか》』と云う貴い徳を持って居て、世の中が今のように激しく軋《きし》み合わない時分であった」という冒頭の一文が一種の文明批評になっている。刺青師・清吉は大の男が刺青をして苦しがるのを見て楽しむような男だった。理想の肌を求めるが、なかなか出会えない。そして、あるとき、街で見かけた美しい肌のもち主である娘が訪ねてくるのである。

清吉は娘に「肥料」という絵を見せるのだが、それは桜の幹に身を寄せる娘の足下に男たちが死屍《しし》累々と横たわっている絵。娘はその絵を見たときには恐怖を覚えるのだが、いったん刺青をされると、「お前さんは真先に私の肥料になったんだねえ」と瞳を輝かすように変身してしまうのである。つまり、最後に清吉と娘の力関係がまったく逆転してしまうのだ。リアリスティックな自然主義全盛の時代に、江戸趣味も濃厚な猟奇的な世界をそこに創り出したのが、若き谷崎だった。

■大阪の薬種商に生まれた盲目の娘に奉公人が献身し、自らも盲目になる

春琴抄

しゅんきんしょう（昭和八［1933］年）

谷崎潤一郎　たにざきじゅんいちろう（明治一九～昭和四〇［1886～1965］年）【東京都】

美貌の娘は九歳で失明し、琴や三味線の腕をみがく。常に彼女に献身的に付き添う奉公人の男は、わがままな彼女と同化するため三味線を習う。彼は弟子、使用人、そして男として、娘の実家が没落してもなお尽くし、彼女が何者かに熱湯を浴びせられて醜く変貌すると、それを見ないために自分の両目を針で突き光を失う、という話。

【解説】

関東大震災を機に関西に移り住んだ作者は、それまでの作風を変化させ、純日本的な美を描くようになる。その古典時代の代表作といわれているのが本作で、偶然手に入れた春琴伝（春琴は主人公の女性の名）を作者が解題するという体裁である。

美人でわがままで気位の高い春琴だが、少しもいやな女に見えないのは、直接の心理描写ではないことと、ひたすら献身する奉公人の佐助が春琴を「美の化身《けしん》」と崇めているからだ。春琴の弟子になった佐助はバチで打たれ、容赦のない言葉を浴びせられるが、佐助はむしろ耐えることに喜びを覚えていく。そして佐助は、ただ崇めるだけではなく、春琴との同化を望む。そんな佐助の望みが叶えられるのは、春琴が熱湯をかけられたときだ。病室で春琴は、「包帯が取れたらお前にこの顔を見られなければならぬ」と涙を流す。数日後、盲目となった佐助が、「もう一生涯お顔を見ることはございません」といったとき、春琴は、「それは本当か」といい、数分間、沈黙する。「この数分間ほど楽しいときはなかった」と佐助は後年、繰り返し語る。言葉はなくとも春琴の心の内が手に取るようにわかったのだ。春琴を我がものにした瞬間である。

【その他のおもな作品】

「痴人の愛」「卍」「細雪」

■教員となった貧乏青年が遊女に恋をするが、やがて結核で死ぬ

田舎教師

いなかきょうし（明治四二［1909］年）

田山花袋 たやまかたい（明治四～昭和五［1872～1930］年）**【群馬県】**

実家が没落して貧しいため、青年はある人のツテを頼って弥勒《みろく》という村（現・埼玉県羽生市弥勒）の小学校教員となる。友人たちや、密かに恋心を抱く女性は東京に出てしまう。青年は文学を志すも挫折し、遊廓《ゆうかく》での遊びに一時は溺れるが、次第に病に侵され、学校に通うこともできなくなる。そして最後は父母のもとで亡くなる、という話。

【解説】

タイトルからは、田舎のさえない中年教師の話かと思ってしまうが、実はまだ中学を出たばかりの、一〇代の若者が主人公だ。林清三は家が貧しいため上の学校に進むことができず、小学校の教員となる。友人たちが高等学校などに進む中、文学青年の彼は同人誌を作るが、財政的に続けられない。そのうち弥勒や羽生の周辺を歩いて写生したり、オルガンを弾いたりすることが唯一の趣味となる。遊廓で親しくなった女は身請けされてしまい、そのショックからは立ち直るが、次第に肺結核が悪化して亡くなるのである。志を得ない、明治の貧しい青年の悲しいストーリーだ。

日露戦争の直前、明治三四年からの数年を描いたこの小説には、当時の羽生近辺の風俗が細かく描写され、自然主義文学を志した彼らしい作品となっている。主人公のモデルは、花袋の友人であった羽生の建福寺住職のもとに下宿していた小林秀三という青年。小林青年の残した日記が住職のもとに残されており、それを下敷きに書いた長篇だ。花袋は国木田独歩や島崎藤村と交流があり、本作品には数々の文学者の名が登場する。日露戦争勝利に沸く街の描写も盛り込まれている。

【その他のおもな作品】

「蒲団」「生」「妻」「縁」

■物書きの男が病気の妻を懸命に看病するが、妻は死ぬ

リツ子・その愛　リツ子・その死（昭和二五［1950］年）

檀一雄　だんかずお（明治四五～昭和五一［1912～1976］年）**［山梨県］**

昭和一九年、体調を崩していた妻・リツ子と子供を置いて、「檀一雄」は大陸放浪に出かける。一年後、大陸で多くの死体を見て帰国したとき、妻は結核を病んでいた。俺がもち帰った命の火をお前にやると、敗戦後の混乱の中、妻を懸命に励ますが病状は悪化し、妻は生への希求を見せつつ夫の腕の中で息を引き取る、という話。

【解説】

軍隊生活や大陸放浪など、一〇年の沈黙のあとに書かれ、華々しい復活をとげた作者の代表作である。リツ子が死の床にあるところをはじめとして、各誌に時系列に関係なく一六の短篇として書かれたものをまとめたのが本作である。それでもきちんと長篇として読めるところは興味深い。

昭和一九年から昭和二一年が舞台で、大陸で多くの死を見たことで、人間の根源的な生への希求が湧き上がってきて、それをお前にくれてやると、結核の妻を抱くところや、なぜ薬に頼らず、自分の根源的生命力を信じないのかと妻の態度に不満を抱くあたりは強烈である。作者本人がガンにかかった晩年、麻酔を打たせず痛みにのたうち回ったと伝えられる姿が彷彿《ほうふつ》としてくる。最後、死に行くリツ子（本名は律子）を厳粛に見つめ、自己省察していく目線は凄みがある。

「三界に家なくなお火宅（燃えさかる家にたとえて煩悩《ぼんのう》が盛んなこと）のごとし」とは、後年の代表作「火宅の人」の言葉だが、本作は、実生活で生涯、絶えず伝説を創り続けた、無頼派《ぶらいは》といわれた作家の私小説である。

【その他のおもな作品】

「花筐」「天明」「真説石川五右衛門」「長恨歌」「火宅の人」

■手代が縁談を断わり、金をだまし取られ、恋人の遊女と心中する

曾根崎心中　そねざきしんじゅう（元禄一六［1703］年）

近松門左衛門　ちかまつもんざえもん（承応二～享保九［1653～1725］年）**［福井県］**

遊女と深い仲だった醤油商・平野屋の手代に、醤油商の女房の姪との結婚話がもち上がる。持参金はすでに手代の継母に渡されていたが、結婚を断わると激怒され、持参金を返せという。ようやく継母から返してもらうが、知人にだまし取られてしまう。彼は事情を知った遊女と死装束で曾根崎天神の森で喉《のど》を突き心中する、という話。

【解説】

作者の世話浄瑠璃二四篇のうち最初の作品で、さらに町人世界を題材にした初めての戯曲でもあり、歌舞伎の演目にもなっている。

本作にはモデルがあり、それによると、遊廓・天満屋《てんまや》の遊女・お初《はつ》と深くちぎり合った醤油商・平野屋の手代・徳兵衛が、平野屋の養女と縁組して江戸の出店に出されることになり、お初のほうも別の男に身請けされて遠くに行かなければならなくなったのを悲観して、曾根崎の森で心中したという。これに持参金返却問題とだまし取り問題をからませ、劇的要素をふくらませている。

ただし、事件があってから上演まで一カ月しかなく、おそらく脚本に充てられた時間はうんと少なかっただろうから、さすがの近松もこなしきれずに、ストーリーは単純で劇的要素も少ない、という結果になったらしい。

それでも、金をだまし取った九平次が、あてつけのように遊廓のお初のところに来たとき、床下に忍んでいた徳兵衛に聞かせるように、「証拠なければ、理も立たず、この上は徳様も、死なねばならぬしななるが、死ぬる覚悟が聞きたい」とお初が独り言のようにいうと、縁の下からお初の足をしっかり抱きしめるなど、紅涙をしぼるシーンもちゃんとある。

■不良息子が借金の返済に困り、知人の女房を殺して金を盗む

女殺油地獄

おんなころしあぶらのじごく（享保六［1721］年）

近松門左衛門 ちかまつもんざえもん（承応二～享保九［1653～1725］年）**［福井県］**

大阪・本天満町の油屋・河内屋徳兵衛は先代の他界後、店を任され、先代の息子に店を継がせるつもりでいたが、息子の放蕩・悪行はひどく、ついに母を打ちのめして店を追い出される。借金に追い詰められた息子は同業の豊島屋に金の無心に行くが断わられ、その女房を刺殺して金を盗み、彼女の三五日に知らぬ顔であらわれ捕まる、という話。

【解説】

作者の世話物のうちでは、心中、恋愛といった男女関係がまったくない異色作である。家に寄生して金品をもち出し、親を打ちのめし、強盗殺人を引き起こすなど、このまことに「現代的」な物語には、やはり油屋の女房が殺された事件が下敷きにあったらしいというから、三〇〇年前も現代もたいして変わりはないようだ。

題の「女殺」の「女」は、男女関係のない同業者の女房・お吉《きち》で、「油地獄」のほうは、放蕩息子・与兵衛に刺されたお吉が「いま死んでは年端も行かぬ三人の子が流浪する。死にともない。助けてくだされ」と油の中、のたうち回って死んでいく様をあらわしている。あまりに凄惨《せいさん》なため、その後、この作品は初演限りで長く上演されることがなかったという。確かに、大衆娯楽としてはあまりに救いがなさすぎる。

すっかり追い詰められたすえに、どうしても金が必要だからと強盗殺人事件を引き起こすなど、行き当たりばったりの放蕩息子・与兵衛の姿は、むしろいまの時代のほうが理解しやすいかもしれない。

作者の特徴は七五調の見事な語りにあるので、声に出して読むとより感じが出る。

【その他のおもな作品】

「冥途の飛脚」「国性爺合戦」「心中天網島」

■島の学校に赴任した女教師が暗い時代を背景に子供らと交流する

二十四の瞳

にじゅうしのひとみ（昭和二七［1952］年）

壺井栄 つぼいさかえ（明治三二～昭和四二［1899～1967］年）**［香川県］**

昭和初年、小豆島《しょうどしま》の分教場に赴任した女教師は一二人の一年生クラスを受けもつ。怪我で本校に転任し、やがて本校に通い始めた五年生の彼らと再会するが、貧しさが子供たちの運命を翻弄する。その子たちを最後に彼女は退職し、戦後、教師に復帰して再び分教場に赴任するが、一二人の子供は戦死や病気で半分になっていた、という話。

【解説】

作者の両親は貧しい樽《たる》職人だったが、一〇人の子供の他に二人の孤児を育て、その二四の瞳が本作に反映されている。作者本人も遠縁の子を何人も育て、そんな子供に対する温かい目が存分に発揮されている、いつ読んでも目頭が熱くなる作品だ。

構成は実に巧みである。わずか半年でつぶらな瞳たちの気持ちをつかみ、怪我をきっかけにいったん離れ、今度はそろそろ将来の進路を考えるべき年齢の小学五年生で再会。様々なエピソードのあと、出産を機に退職。そして日中戦争、太平洋戦争後に再び赴任すると、貧しさ、戦争などに翻弄され、亡くなったり失明したりした子供たちの消息を知る、という流れるような構成である。子供たちの話しぶりも実に生き生きしている。

最後は、冒頭に自転車で颯爽と登場したこの大石先生の再赴任の、胸の詰まるような歓迎会のシーンで終わる。

映画は、なんといっても、戦争を生き抜いたスタッフ・キャストによって制作された昭和二九年封切りの木下恵介監督、高峰秀子主演版が群を抜いている。

【その他のおもな作品】

「大根の葉」「母のない子と子のない母と」「坂道」

■海軍少尉が従兄弟にだまされた上に結核の妻と離婚させせられる

不如帰　ほととぎす（明治三三［1900］年）

徳富蘆花　とくとみろか（明治元～昭和二［1868～1927］年）**【熊本県】**

海軍少尉の男は海軍中将の娘と結婚するが、彼女は肺結核を発病する。男の従兄弟で彼女に横恋慕する陸軍中尉は、男に借金の肩代わりをさせた上に、留守中に少尉の母親に吹き込んで、結核の娘を離婚させる。少尉は日清戦争に出征して負傷し、娘は次第に結核が悪化して、家族に見守られながら死んでいく、という話。

【解説】

結核という不治の病に引き裂かれた夫婦の悲恋物語であるが、日清戦争に向かう時代を背景にして、軍内部に巣くう腐敗や、軍需産業に携わる武器商人の暗躍なども描かれている。

徳富蘆花の兄・蘇峰《そほう》は平民主義を唱えた思想家・ジャーナリストで、本作品はその兄の創立した民友社から出版された。モデルの存在する小説で、海軍少尉・川島武男は三島弥太郎子爵、妻・浪子は大山巌《いわお》陸軍大臣の娘・信子である。信子が結核となったため父の巌が娘を強制的に離婚させたとされているが、実際には、三島家が申し出たという。その事件をモデルに、人物設定などを変えて書いた小説である。

海軍軍人で高潔な武男に対し、従兄弟で陸軍中尉の千々岩は相場に手を出して借金を作り、文書を偽造して武男を保証人にする。浪子は結核で死んでいくが、まだ離婚する前、夫の武男と歩いた逗子の浜辺で浪子がいう「生きたいわ！　千年も萬年も生きたいわ！」は、明治を代表する名セリフとして有名になった。また、上中下と分かれたこの作品の下篇では、海戦がリアルに描写されている。

【その他のおもな作品】

「花月の夜」「思出の記」「自然と人生」

■作家が取材に訪れた玉の井で娼婦に出会い、女からいい寄られて逃げる

濹東綺譚　ぼくとうきだん（昭和一二［1937］年）

永井荷風　ながいかふう（明治一二〜昭和三四［1879〜1959］年）**［東京都］**

五八歳の小説家が濹東の私娼街（玉の井）を調べる必要に迫られ、そこに通ううち、若くはないが気立てのいい娼婦と出会い、なじみとなる。女は彼を怪しげな本を出版している男と勘違いし、それなら同類とばかりになれなれしく接するようになる。彼女は男に本気で情を寄せ、妻にしてくれといい出すが、男は断わって去っていく、という話。

【解説】

あらすじだけみるとバカみたいな話だが、私娼窟《くつ》を限りなく愛した荷風の手にかかると、なんとも魅力的な「異世界」を楽しむことができる。

梅雨どきに雷鳴と雨に襲われ、檀那《だんな》、そこまで入れてってよ、と娼婦のお雪が飛び込んできてから、お雪の秋の着物の仕立て代を置いて男が去るまで、他の追随を許さない耽美《たんび》な世界がそこに展開されている。

構成はいささか凝っており、小説家・大江がそのとき書きかけている小説の内容が紹介されていき、その小説では初老の主人公は、若い女との関係に大いに生きがいを感じて、女との将来に夢を抱く。

作者の実年齢でもある大江は、普及し始めたラジオの音が気に入らず、男を彼氏、女を彼女というようになったのもおもしろくない、という老人である。お雪を求めたのは、大江が青春の頃になじんだ女たちの姿に、彼女がそのまま重なったからだった。男は最初から還らぬ夢を求めて溷東をさまよっていたのである。

最後、少しは小説的結末を求めたくなるが、作者は周到にも、いくつかの結末を語り、愚かな夢のような話に結末もなにもあるか、ということを書いている。散人《さんじん》の境地、恐るべし。

■芸者がなじみの男に次々と裏切られるが、芸者置屋の主人に助けられる

腕くらべ

うでくらべ（大正六［1917］年）

永井荷風 ながいかふう（明治一二～昭和三四［1879～1959］年）**［東京都］**

新橋芸者がエリート会社員と枕をかわし、身請け話にまで至るが、彼女は別のなじみの役者のほうに実《じつ》を感じていた。会社員の男は面当てのように彼女の同僚を身請けし、役者も金回りのいい別の芸者になびいていく。新橋に居場所がなくなった彼女に同情した講釈師で置屋の主人が、自分は置屋をやめるから跡を継げと譲り渡す、という話。

【解説】

作者の壮年期に書かれた中期の傑作といわれる作品である。老年期の「濹東綺譚」とは違い、こちらはしっかりした構造があり、かくあってほしいという小説的結末がついている。

新橋芸者の駒代は作者がこよなく愛した明治期の花柳界《かりゅうかい》にあった、実と情と粋をいくらか残している芸者。彼女を同情的に見るのが、新時代を忌み嫌い、昔へのこだわりをもって生きている講釈師や文人たちで、それに対するのが、金はもっているが一片の情ももたない実業家や、情より金銭を選ぶ役者、という明白な構図がある。駒代は肉体を平気で売り物にする同輩の菊千代、金持ち芸者の君龍に敗れ去る。タイトルの「腕くらべ」とは、芸者や客の床技《とこわざ》の競い合いの意味もあるような気がするが、どうやら実や情と新時代感覚との戦いをあらわしているらしい。

これを読むと、モダンガール、モダンボーイなどの新時代人を生んだ大正モダニズムが花柳界にまで及び、淫靡《いんび》で耽美な世界を一変させて、あたかもスポーツのようにしてしまい、作者がそれを心の底から嫌っていたことがよくわかる。

【その他のおもな作品】

「あめりか物語」「ふらんす物語」「つゆのあとさき」「断腸亭日乗」

■古代中国、二人の勇敢な将軍と偉大な歴史家とのかかわりを描く

李陵　りりょう（昭和一八［1943］年）

中島敦　なかじまあつし（明治四二〜昭和一七［1909〜1942］年）【東京都】

漢の武帝の時代（紀元前一世紀頃）、辺境で匈奴《きょうど》と勇敢に戦った将軍は、ついに敗れて捕らえられる。漢の宮廷では、司馬遷《しばせん》がその将軍を擁護し、武帝の怒りをかって去勢の刑を受ける。彼はその怒りと恥をバネに、歴史書を書き続ける。そして捕らえられた将軍は、もう一人の将軍と出会い、その屈服しない姿勢に感動を覚える、という話。

【解説】

古代中国、漢の武帝の治世を舞台に、有名な歴史書「史記」を書き上げた司馬遷、そして同時代の軍人である李陵と蘇武《そぶ》という三人のかかわりを中心に描いた小説である。短篇だが、壮大な歴史絵巻を凝縮した文体で描き出しているので、大河ドラマを観たときのような読後感が味わえる。

作者の中島敦には中国古典に取材した作品が多いが、大学は国文科であり、また英語、ドイツ語、フランス語、ラテン語、ギリシア語にも通じていた。一一歳から一七歳までは京城で過ごした。小説家を志して多くの草稿を書いたが、この作品は彼の死後、草稿の中から発見されたもので、タイトルは別人がつけている。

まず武帝の命により戦いに出た李陵と匈奴の戦闘を描き、その後、匈奴に捕らえられた李陵を宮廷で擁護した司馬遷が、武帝の怒りをかって宮刑に処せられる。李陵は武帝に家族も殺され、次第に匈奴に溶け込むが、一方、へき地に流されても絶対に屈しない将軍・蘇武とも出会い、その強い愛国心を知る。その間に武帝は亡くなり、司馬遷も歴史書を仕上げるが、李陵はそのまま匈奴の土地に留まる決意をする。

【その他のおもな作品】

「山月記」「名人伝」「わが西遊記」

■田舎出の純真な若者が大学に入るため上京し、女性に翻弄される

三四郎

さんしろう（明治四一［1908］年）

夏目漱石　なつめそうせき（慶応三〜大正五［1867〜1916］年）**［東京都］**

ある若者は熊本の高等学校を出て東京帝大に入学すべく列車に乗ったが、名古屋で女と同宿するハメに陥る。しかし、かなり「うぶ」。東京でも大学の池のほとりで美しい女性と目が合うと、名古屋で女に「いくじなし」と笑われたことを思い出す。それでも彼女にひかれるが、彼女は若者に謎の言葉を残して結婚してしまう、という話。

【解説】

夏目漱石は明治四〇年に朝日新聞社に入社して本格的に作家活動を始めた。とはいっても記者として取材するわけではなく、朝日以外に書かないという条件付きで年に二回ほど連載小説を書けばよかった。まず「虞美人草」「坑夫」が連載され、翌年に連載が開始されたのが「三四郎」である。

簡単にいえば、明治時代の田舎出の若者の上京物語。熊本の第五高等学校を出た二三歳の小川三四郎は汽車で上京するが、名古屋から「日本は亡《ほろ》びるね」と断言するヒゲの男と相乗りになる。その男こそ第一高等学校の教師・広田で、彼の周りには与次郎という不思議な学生、美貌の里見美禰子《みねこ》などが集まり、さらに三四郎の同郷の先輩である野々宮とその妹、画家の原口など多彩な人物が登場する。

野々宮と里見はどうやら付き合っているらしいのだが、三四郎も彼女と交遊するようになる。しかし彼女は、「我はわが愆《とが》を知る。わが罪は常にわが前にあり」という謎の言葉を残して、別の男と結婚してしまうのである。全体に人物設定に謎が多く、それぞれが過去に苦しい経験をもっているようなのだが、その全貌は明かされない。

漱石はこの後、「それから」「門」という作品で、日清・日露戦争後の青年像を描いていくが、いずれの主人公も社会に対して違和感をもっているのが特徴だ。

■謎めいた人物と知り合いになった男が、彼の苦悩の原因をさぐる

こゝろ（大正三［1914］年）

夏目漱石　なつめそうせき（慶応三～大正五［1867～1916］年）【東京都】

「私」は鎌倉である男と知り合う。他人を近づけず、もの静かなその男の顔には時として陰りがよぎる。その男に魅せられて足しげく会いに行くうち、少しずつ陰りの正体が見えてくる。男は昔、Kという友人を裏切って妻を得たが、Kは自殺。その罪悪感を背負っていたのだ。男は告白の手紙を「私」に残し、ついに自らも死を選ぶ、という話。

【解説】

作者晩年の傑作である。見事な構成で上質なサスペンスのようでもある。前半は「私」の目を通して「先生」と呼ばれる陰のある男について語られ、大家の話なども合わせて、この不思議な男の過去に何か重大なことがあったというところまでわかる。後半は、長文の手紙による告白である。

養家から追い出され、実家からも勘当された同郷で同級生のKを、自分の下宿に住まわせるところから悲劇が起こる。大家の美しい娘とKが親しくなり、娘を心憎からず思っていた男は嫉妬する。恋愛の淵に陥ったKが、自分をどう思うと男に尋ねてきたとき、男は迷い抜いているKの心を見透かして、打撃を与えるように「精神的に向上心のないものは、馬鹿だ」と強く答える。それでも足りず、仮病を使って下宿に一人残り、大家である奥さんに、娘との結婚を申し込む。これを知ってKは自殺したのだ。男は嫉妬のあまり我執《がしゅう》（自分だけに執着すること。この醜態を、晩年の漱石は最も恐れていたという）に囚われていたのである。

妻を愛すれば愛するほど、その背後にKの姿が浮かんでくる。男の心から罪悪感が消えることはなく、ついに自殺する。乃木大将の殉死が、男に決意させるというところが興味深い。作者が生きた明治時代の精神との決別を暗示しているのだろう。

■会社員の男が入院し、そこで、未練を断ちきれない恋人と再会する

明暗

めいあん（大正五［1916］年）

夏目漱石　なつめそうせき（慶応三〜大正五［1867〜1916］年）【東京都】

ある会社員の男は痔の治療のため入院が必要だが金がない。京都の父親に無心していたが返済するあてもなく、送金を止められる。男は自分を捨てて結婚した女が忘れられないが、妻には隠している。あてのないまま入院したところにさる夫人が訪れて、昔の恋人は療養中だと告げられ、男はそこを訪ねて彼女と再会する、という話（未完）。

【解説】

夏目漱石の最後の長篇で、朝日新聞に連載されたが、漱石の死によって未完に終わった。漱石の晩年の境地「則天去私」をテーマとした作品とされるが、全貌がわかっていないので結論は宙ぶらりんのままだ。「則天去私」は、「自分の欲望に囚われずに、自然に生きることを理想とする人生観」とされるが、この作品では、主人公・津田の元恋人で人妻の清子の中にそれを見るというのが昔からの解釈。一方、津田はエゴイストで、津田は清子と再び会うことで救済される、との解釈も考えられている。

津田と妻・お延との結婚生活はぎくしゃくしていて、お延は「夫の要求する犠牲には際限がないのかしらん」という疑念を常にもつ。夫婦の間にはいつも何かが挟まっている感じだ。そこに吉川夫人という登場人物があらわれ、津田の心の中にある昔の恋人への未練を察し、流産して療養中の清子を訪ねるようにすすめる。

未完であるため大岡昇平や水村美苗《みなえ》らが、「明暗」の結末について予想していて、津田の友人で朝鮮行きを計画している小林が、お延と朝鮮へ駆け落ちするという筋もある。今後も「明暗」の謎は多くの読者をひきつけるだろう。

【その他のおもな作品】

「吾輩は猫である」「坊っちゃん」「倫敦塔」「草枕」

■力自慢の強力が、危険をかえりみず重い石の荷物を山頂まで運ぶ

強力伝　ごうりきでん（昭和二六［1951］年）

新田次郎　にったじろう（明治四五～昭和五五［1912～1980］年）**【長野県】**

富士山で活躍する超絶した力をもつ強力が、後立山連峰《うしろたてやま》の白馬山頂に五〇貫（一八七キロ）もある石の風景指示板を運び上げる仕事を引き受ける。富士山測候所勤務で顔見知りだった男（作者であろう）が不安にかられて現地に行って止めるが、彼は聞かない。人間業を超えた仕事を成し遂げたあと、彼に死の影がただよう、という話。

【解説】

作者が直木賞を獲得した力のこもった短篇である。強力・小宮正作のモデルは実在した強力・小見山正で、富士山で一一二キロのエンジンを運び上げたこともあるという。しかし、それを遥かに上回る一八七キロという重さはさすがに人間としての限度を超えていたのか、このときの無理が遠因となり彼は亡くなる。

白馬雪渓《せっけい》で落石に遭い、荷物を置くことも逃げることもできずに落石に向かって立ち尽くすシーンや、雪渓に光が差し、斜面上昇気流が起こり、それが冷やされて下降気流となるところの描写など、山をよく知る作者ならではの迫力がある。通常、冬山縦走《じゅうそう》で荷物は六〇キロくらいが限度であるから、一八七キロがどれほどのものか、おわかりいただけよう。

作者は六年間、中央気象台職員として実際に富士山山頂の測候所に勤務しており、このとき不世出の登山家、単独行で知られる加藤文太郎とも出会っていて、後に作者の山岳小説の代表作となる、北鎌尾根に散った加藤の生涯を描いた「孤高の人」に結実させている。こちらも無条件にお薦めする。

【その他のおもな作品】

「銀嶺の人」「八甲田山死の彷徨」「アラスカ物語」「富士山頂」

■空襲で行き場のない兄妹が追い詰められたあげく餓死していく

火垂るの墓

ほたるのはか（昭和四二［1967］年）

野坂昭如 のさかあきゆき（昭和五～平成二七［1930～2015］年）**［神奈川県］**

終戦直前の六月、神戸が空襲で丸焼けとなる。中学生の清太《せいた》は妹の節子を背負い避難するが母を亡くす。軍人の父はすでにいない。親戚の家に身を寄せるが二人に居場所はなく、防空壕で暮らす。冒険ごっこのような生活が長く続くはずもなく、八月、栄養失調で節子は死に、九月、その骨片を入れたドロップ缶だけをもつ清太も死ぬ、という話。

【解説】

作者は中学三年のとき神戸で空襲に遭い、遠縁の家に身を寄せたり、養父母を亡くしたり、妹を栄養失調で亡くしたりした体験を実際にもっており、焼跡闇市を原点として生きていかざるを得なかった世代の重みを感じさせてくれる作品である。昭和四三年直木賞受賞。五ページも改行がなかったりする、綱渡りのような饒舌な語りが連なっていくという特異な文体も評価された。

一般に、饒舌な文体はリアリズムをそこなうと思われるが、むしろ、兄妹の死に至る「道行き」から目を離せなくなるのは、作者がせめて小説の中だけでも、妹に安らぎを与えたかったという祈りがこめられているからだろう。

「喫茶店で六時間で一気に書いた作品」とは作者本人がいっていたことで、やはり加圧状態から一気に何かを噴出させた幸運な作品と思われる。

いま、本作はアニメーション版（高畑勲監督）としてよく知られている。ほんの一時訪れる兄妹だけの幸せなとき。次第にボロ雑巾のようになっていく兄妹。妹が息を引き取ったときに群れ飛ぶ蛍の描写などなど、いくつも印象的なシーンを残している。

【その他のおもな作品】

「アメリカひじき」「骨餓身峠死人葛」「真夜中のマリア」

■金を盗んだとして逮捕された兵士が、真相を知り上官に報復する

真空地帯

しんくうちたい（昭和二七［1952］年）

野間宏 のまひろし（大正四〜平成三［1915〜1991］年）**【兵庫県】**

軍刑務所から男が原隊に戻る。その男に関心をもった兵隊は、男の裁判記録を調べたりする。男は中尉の財布を盗んだかどで逮捕されたのだが、その裏には中尉の属する経理室の内紛が関係していた。男はなじみの芸妓に手紙を出すが、女はすでにいない。男は前線へ行くことを命ぜられ、輸送船の中で女を回想する、という話。

【解説】

第二次大戦を挟んで戦争文学、そして徴兵された文学者たちの作品が数多く書かれるが、その代表作の一つ。大阪にある連隊の兵営を描いているが、兵営＝真空地帯の閉鎖性、人間関係のもつれによる冤罪《えんざい》というこの作品のテーマは、実は日本社会ではどこにでもあてはまりそうな感じだ。

一等兵・木谷は事務能力にすぐれ、部隊の経理室で働いていたが、林中尉と中堀中尉の対立に巻き込まれる。ある日、木谷は林中尉の財布を偶然拾うが、芸妓に会いたいがため金を盗み財布を捨て、逮捕される。普通なら隊内で処理されるところだが、木谷は反抗的＝反軍的とされ刑務所に送られる。

木谷が刑務所から戻ると、仲間の一等兵が彼の事件を調べるが、背後にはより複雑な事情があったことがわかる。木谷は軍隊という組織に疑問をもち、真相を知らされると上官を容赦なく殴る。これによって木谷は南方へ行く命令が下され、結局、芸妓には会えないまま輸送船に乗り込む。軍という特殊な状況下であらわれる人間性について、深く考えさせられる作品だ。

【その他のおもな作品】

「暗い絵」「青年の環」「サルトル論」

■貧しい行商の娘が上京し、苦労のすえに文筆家として成功する

放浪記

ほうろうき（昭和五［1930］年）

林芙美子 はやしふみこ（明治三六〜昭和二六［1903〜1951］年）**［福岡県］**

行商の親と九州を流れ歩き貧しい少女時代を送った女が上京。女中、メリヤス売り、カフェの女給などを転々と、のたうち回るように暮らし、新劇俳優や詩人、大学生と関係をもつがいずれもうまくいかない。女は作品が徐々に売れるようになり生活苦からは逃れるが、生涯追い求めた心の故郷だけはついに得ることができなかった、という話。

【解説】

日記体で書かれた自伝的小説で、作者の出世作でもある。作者が実際につけていた日記を元に書かれたなんともリアルな内容で、平林たい子、辻潤などが実名で出てくる。一、二部が昭和五年、三部を含んだものは急死する二年前の昭和二四年に出されている。大正から昭和初期、わずかなプライドだけは捨てずに、あえぐように生きていく二〇代前半の一人の女の心情が痛いほど伝わってくる秀作である。

生きることが苦しくなると故郷を考える、と書く作者の実人生もまたまさしく「放浪記」同様で、故郷と呼べるほどのところはもたない。父親は行商人で、その後呉服商売で成功、芸者狂いに愛想を尽かして母親は小さい芙美子と家出、店員の男と同棲するところから放浪人生が始まっている。いまの私は私ではない、ここは本来私のいる場所ではない、という不在感は、主人公と同様、作者本人のものであっただろう。彼女にとっての故郷は、求めても得られない青いバラだった。物書きとして成功したものの、親とも距離があり兄弟とも没交渉で、犬だけが寄り添ってくる、という最後であるが、実人生では同棲しては別れることを繰り返した。

【その他のおもな作品】

「清貧の書」「晩菊」「浮雲」「茶色の眼」「めし」

■原爆が投下された広島で生き延びた男が、惨状を詳細に伝える

夏の花

なつのはな（昭和二二［1947］年）

原民喜 はらたみき（明治三八～昭和二六［1905～1951］年）**［広島県］**

八月六日の原爆投下により広島が一瞬にして廃墟と化す。トイレにいて助かった男は、散乱した畳や襖の中から着るものを探し、避難を開始する。崩壊した街並み、巻き起こる火災、無数の罹災者、あちこちから聞こえる「水をください」という声。そのうち、自分が生き延びた意味は、これを書き残すことにある、と男が気づく、という話。

【解説】

原爆の惨状を描いた文学の中で、抜きん出て評価されている短篇である（原題は「原子爆弾」であったがGHQをはばかって改めた）。余計な感情を交えずに透明な文体でスケッチ風に描いている分、惨状がありありと浮かんでくる。読んでいただくしかない。タイトルの「夏の花」は、原爆投下の二日前、亡き妻の墓参りをしたときにもっていった名も知らぬ花のことだ。

対人恐怖症でもあったという作者は常に死を意識して生きていた人で、救った娼婦に裏切られて自殺を図ったり、心から愛した妻を原爆の一年前に亡くし、「妻の臨終は自分の臨終でもある」と思い詰めたりする。戦後数年生き延びたのは、書き残さなければならないという使命感が、被爆体験によって生じたからだろう。

昭和二六年、もう使命を果たしたと思ったのか、「心願の国」という短篇を遺し、鉄道自殺する。この作品の中で実際に自殺する場所まで詳述しているから、遺稿というより遺書である。その最後には、「私は歩み去ろう　今こそ消え去って行きたいのだ　透明のなかに　永遠のかなたに」とある。

【その他のおもな作品】

「永遠のみどり」「原爆小景」「心願の国」「鎮魂歌」

■寺の少年と遊女を姉にもつ美少女が、お互いに淡い恋心を抱く

たけくらべ（明治二八［1895］年）

樋口一葉　ひぐちいちよう（明治五～明治二九［1872～1896］年）**［東京都］**

吉原の遊廓近くの寺に、将来は坊主となる内気な少年がいた。彼と同じ学校に通う、人気の遊女を姉にもつ美しく勝ち気な少女は、少年への想いを伝えられない。そんなある日、少女は髪を遊女が結う島田に変えられる。酉の市が過ぎた霜の朝、水仙の作り花が少女の家に差し込まれ、少年は僧侶の学校に入るため旅立つ、という話。

【解説】

わずか二四歳で世を去った女性作家・樋口一葉の代表作で、同時代の森鷗外、幸田露伴、斎藤緑雨《りょくう》らを驚嘆させ、後世の多くの作家たちを魅了し続けている傑作短篇だ。遊女を姉にもつ美登利《みどり》という美少女は、歳は数えの一四歳で、あと三年経ったらすごい遊女になるだろうと噂の立つほどだが、とにかく勝ち気。一方、お寺の少年・藤本信如《しんにょ》は一五歳。学校の中では一番の秀才である。

二人のかかわりは春から始まり、夏祭りでの少年たちのケンカを経て、秋のある日、鼻緒を切った信如に、美登利がそっと布切れを差し出す。そのとき、言葉は交わさないものの、信如は美登利の紅入りの友仙《ゆうぜん》のイメージを紅葉に重ねて記憶する。ここが最も美しく、有名なシーンだ。やがて信如は別れも告げず、遠くの仏教学校へと転校していくのだが、そのラストは、美登利の家の格子戸に誰とも知れず「水仙の作り花」が差し込まれてある、それを彼女が懐かしい気持ちで飾り棚に飾るシーンである。

少年少女が大人の世界に足を踏み入れる、その直前の時期を見事に描いているが、この作品を含めて、一葉が小説家として傑作を残したのはわずか一四カ月に過ぎない。

【その他のおもな作品】

「大つごもり」「にごりえ」「十三夜」

■日中戦争に従軍した記者が、中国の農民や日本軍の様子を語る

麦と兵隊

むぎとへいたい（昭和一三［1938］年）

火野葦平 ひのあしへい（明治四〇～昭和三五［1907～1960］年）**［福岡県］**

日中戦争勃発（昭和一二年）の翌年、現地派遣軍は北京・南京間を一気に占領する作戦を考え出し、その手始めとして徐州攻略を図った。陸軍報道部員としてこの作戦に参加した作者が、果てしなく麦畑の広がる華北の穀倉《こくそう》地帯を、日本の兵隊が血と汗にまみれながら進軍していく様子をレポートする、という話。

【解説】

徐州攻略は開戦以来初めての難戦で、一度撤退していて、作者が参加したのは二度目の作戦のとき。中国軍六万人に対して日本軍二〇〇〇人という犠牲者を出したが、これはほんの序章で、このあと日本軍は決定打を得られないまま泥沼に足を突っ込む。

本作は従軍記としては冷静なもので、作者の目は兵や現地住民に注がれ、最前線にいる自分も正直に「死にたくない」と書く。この時期の日本軍にはまだ余裕があり、あの不気味な精神主義にも陥っていなかったようだ。

よほど広大無辺な麦畑と、そこで働く農民に心ひかれたのか、その場面が何度も出てくる。彼らは日本軍に茶を出し歓待するが、「もとより日本軍が好きだからでもなんでもないのだ」という。国民党軍が来れば同じサービスをするのだろう。「両軍が来たらどうする」と作者が聞けば、「逃げ出しますよ」という。このしぶとさに、「麦畑の逞しさに圧倒されたが、その麦畑の主人こそこの農民たちなのだ」と感嘆する。

戦後、作者は軍に協力したという理由で公職追放され、後に自殺しているので、色眼鏡で見られやすいが、本作は人間主義で書かれた従軍記の傑作である。

【その他のおもな作品】

「糞尿譚」「土と兵隊」「花と兵隊」「花と龍」「革命前後」

■七〇歳になった老人を山に捨てるならわしのある村で、老婆がその日を迎える

楢山節考

ならやまぶしこう（昭和三一［1956］年）

深沢七郎 ふかざわしちろう（大正三～昭和六二［1914～1987］年）【山梨県】

信州の山あいの貧しい村では、七〇歳まで生きた老人は遠くの楢山に捨てられるのが掟。六九歳の老婆は三年も前からその準備をしている。一人息子の嫁に密かに岩魚《いわな》の獲り方を教え、まだ丈夫な前歯を石で折る。その日が来た。泣く泣く息子は母親を背負い、楢山に置くと、そこに運よく彼女が願っていた雪が降ってくる、という話。

【解説】

棄老《きろう》伝説が生々しく語られる、特異でなんとも言葉にしづらい魅力を具《そな》えた、作者のデビュー作。三島由紀夫が「不快な傑作」と激賞してベストセラーとなった。棄老を当然のごとく受け入れていく老婆・おりんの造形にまず驚かされるが、同時に、棄老はただ残酷な仕打ちという固定概念が揺さぶられる。歳のわりには歯が丈夫で、村のからかいの対象になると、自ら歯を減らしていき、減るたびに肩身が広くなる。孫が隣家の娘を孕ませると、世代交代、バトンタッチするかのごとく、ひ孫が生まれる前に山に行くといい出す。作者はおりんに同情するわけでも哀れむわけでもなく、死を肯定も否定もせずに、ただ人間に自然に具わっているものという目線で描いていく。最後のシーンは美しさすらある。一人息子の辰平がおりんを背負い、山に置き、戻る途中でおりんが願っていた雪が降ってくる。辰平はたったひとこと母親にいいたくて、掟を破っておりんのところに戻る。「おっかあ、ふんとに雪が降ったなァ」と。

作者には、「人間死ぬのが商売」などの特異な言動が多々あり、そうしたキャラクターも大いに世の中の注目を浴びた。

【その他のおもな作品】

「東北の神武たち」「笛吹川」「風流夢譚」

■叔父の恩恵により学校を出て、役所に勤めた男がクビになり恋も失う

浮雲　うきぐも（明治二〇［1887］年）

二葉亭四迷　ふたばていしめい（元治元～明治四二［1864～1909］年）**［東京都］**

早くに父を亡くした男は東京の叔父の家に寄宿して学校を出、役所に下級役人として勤める。彼は寄宿先の従妹にあたる娘に恋心を抱き、叔母もそれを悪からず思っている。しかし、男が役所をクビになり職を失うと叔母の態度は急に冷たくなる。無為な毎日を送りながら娘が他の男になびくのを見て、その家を出る決意をする、という話。

【解説】

日本の近代小説は、坪内逍遥《しょうよう》の「当世書生気質」（明治一八年）とこの「浮雲」に始まるとされる。前者は東京帝大生の日常を描いたもの、後者は田舎出で下級役人となった男・内海文三が、世渡り下手のため役所をクビになり、寄宿先の叔母や娘とも気まずくなるという話だ。ともにインテリ層を主人公にし、明治という新しい時代に適応して生きる難しさ描いているが、特に「浮雲」は高学歴フリーターという二一世紀的なテーマを予見した作品ともいえる。

二葉亭四迷は坪内逍遥に学んで小説を書き始めたが、それ以前に東京外国語学校露語科に学び、ロシア語の翻訳家として活動を始めていた。「浮雲」はロシアの名作「オブローモフ」（ゴンチャロフ著）が下敷きともいわれる。また逍遥とともに新しい日本語の文体を模索していた四迷は、この「浮雲」で「言文一致体」を発明したとされている。つまり、当時の人間が普通にしゃべっている言葉を使って小説を書くという試みだ。しかし、彼自身は作品に満足せずその後二〇年も小説から離れ、新聞記者としてロシアに赴き、肺結核を病んで、帰途の船上で四五歳の人生を閉じたのだった。

【その他のおもな作品】

「其面影」「平凡」、ツルゲーネフ著「あひゞき」（翻訳）

■青年が結核の娘を愛し療養所で看病するが、病が癒えず亡くす

風立ちぬ

かぜたちぬ（昭和一三［1938］年）

堀辰雄　ほりたつお（明治三七～昭和二八［1904～1953］年）【東京都】

物書きの青年が軽井沢で絵を描く若い娘と出会い、父親を敬愛する娘にいら立ったりするもやがて二人は婚約する。胸を病み八ヶ岳で療養生活に入る娘の付き添いを父親に頼まれ、大自然の中、季節の移ろいを見つつ療養所で付き添う青年だが、娘の具合はどんどん悪くなって死ぬ。三年後、青年は娘と出会った村を訪れ追憶にひたる、という話。

【解説】

当時、結核は死病ともいわれ、きわめて重い病気だったことがわからないと、ひたすら「死」を真ん中にして見つめ合った「私」と節子の心情は理解できない。「普通の人々がもう行き止まりだと信じているところから始まる」二人の愛は、療養所という閉鎖空間にいることもあり、俗世間がいっさい介在しない。葉が落ちる音、咳一つにも敏感になるような心の交流は、ただただ純粋である。一度だけ父親が顔を出し、二人が変調をきたしてしまうところなどが感じ取れればおもしろい。きわめて美しい、といって死を美化しているわけではない詩的散文である。

作者は昭和九年、三〇歳のときに婚約した女性を翌年、八ヶ岳の富士見高原療養所で亡くしており、その体験が色濃く反映した作品である。

タイトルの「風立ちぬ」は、フランスの詩人ポール・ヴァレリーの詩「海辺の墓地」の一節、「風立ちぬ、いざ生きめやも」から取っている。

山口百恵主演で映画化されているが、彼女のやつれてもなお、ちょっと生への色気の残る表情は、なかなかよかった。

【その他のおもな作品】

「聖家族」「曠野」「かげろふの日記」「菜穂子」

■足の不自由な男が、作家の生涯の空白を埋めるため必死に調査する

或る「小倉日記」伝

あるこくらにっきでん（昭和二七［1952］年）

松本清張　まつもとせいちょう（明治四二～平成四［1909～1992］年）【広島県】

森鷗外は軍医として小倉に赴任したが、そのときの三年間の日記が行方不明だった。神経障害で体の不自由な男が興味をもち、その空白を埋めることに生きる希望を抱く。四〇年という空白が立ちはだかるが、全力でその当時の関係者を探して事跡を集める。男は次第に弱り、死ぬが、翌年、失われた「小倉日記」が発見される、という話。

【解説】

作者が推理小説界の巨人になる前の、芥川賞を受賞した作品である。主人公の田上耕作は実在した郷土史家の実名で、そういった意味では伝記か評伝になるのかもしれない。鷗外の弟が、「兄の小倉時代のことを知りたいので、ご高教を仰ぎたい」と手紙をよこしているくらいだから、田上の一〇年以上の執念もまったくのムダだったというわけでもなさそうだ。

本作の小説的ふくらみは、母親が献身的な愛情を注ぎ続けるところにある。頭脳は明晰だが、手足がかなり不自由な息子との母子家庭で、母親は息子が疎まれるといけないと再婚はすべて断わり、息子が日記の再現にのめり込むのを誰よりも喜び、話したがらない関係者のところに挨拶に行ったりする。戦中戦後、食糧難のため、家作を一つずつ減らし、ついには三畳間に住むようになっても、世話を続ける。最後、昭和二五年に耕作が死に、自分が遠い親戚に引き取られるときには、遺骨と風呂敷包みの原稿を抱えていく（ただ実在の田上は昭和一九年に空襲で母親とともに死んでいる）。やはり小説である。

【その他のおもな作品】

「西郷札」「点と線」「ゼロの焦点」「砂の器」「わるいやつら」「黒革の手帖」

■吃音の青年僧が憧れの金閣寺で修行するが、うまくいかず火をつける

金閣寺

きんかくじ（昭和三一［1956］年）

三島由紀夫 みしまゆきお（大正一四～昭和四五［1925～1970］年）**［東京都］**

貧しい住職の息子である「私」は、父から金閣の美しさを聞かされて育ち、内面に暗黒と究極の美・金閣の幻影を抱くようになる。金閣寺で修行しながら大学に通い出すが、悪友に誘われ女を抱こうとしても金閣の幻影が邪魔をする。やがて生活がすさんでくると、金閣を自分の不幸と醜さの源泉と思うようになり、火を放つ、という話。

【解説】

人間不信の青年が陥っていく暗黒と金閣の美を対照させた、作者が作家として最も輝いていた時期の傑作である。実際の放火事件は昭和二五年に起きており、吃音で、同僚や同級生ともなじまない孤独の修行僧が逮捕されている。その際、動機を、「虐《しいた》げられた絶望感から美に対するねたみを抑えきれなくなったからだ」と語っている。おそらく作者は、もともと滅びの美学に関心があり、この言葉に鋭く反応したのだろう。戦後のインフレの時期に起きた光クラブ事件で、「人間死ねば物体である。物体に債務返済の義務はない」と書き残して自殺した現役東大生社長の言葉に触発されて「青の時代」を書いたりもしている。

本作は、内面に金閣を抱くことで生きてきた青年の独白体で書かれており、金閣は彼の主観により様々に見えてくる。初めて本物を見たとき、思い描いていた金閣に比べてみすぼらしく感じられて失望し、やがて心の中で修正して、元の美しさを取り戻す。その輝きが最も増すのが戦時中で、空襲が自分と同時に金閣をも滅ぼすだろうと考えるだけで、青年は陶然《とうぜん》となる。そして、自分が置かれた境遇と関係なく超絶した美しさを見せる金閣を憎むようになるのだ。作者の限りを尽くした美しい描写が楽しめる。

■島の娘に青々しい恋心を抱く若者が卑劣な恋敵と争い、勝つ

潮騒　しおさい（昭和二九［1954］年）

三島由紀夫　みしまゆきお（大正一四～昭和四五［1925～1970］年）【東京都】

伊勢湾口にある小島の若い漁師が、婿《むこ》を取って跡を継がせるために養子先から呼び戻された美しい娘と出会う。二人はひかれ合うが、村の有力者の息子が邪魔をし、娘を犯そうとして失敗。腹いせに悪い噂を流し、二人は会えなくなる。娘の父はどちらが見所があるか試すため彼らを自分の船に乗せ、沖縄まで航海させる、という話。

【解説】

実にストレートに海と青春と肉体を謳い上げた名高い青春小説である。小説で「歌島」とあるのは三重県の「神島」で、作者は二度ここを訪れている。島名以外は、作中の灯台や軍施設跡などは実在する。このときまだ作者は、華奢《きゃしゃ》な自分の肉体の改造に及んでおらず、島を泳いで五周できるくらいの若い漁師・新治の肉体を羨望するかのごとく描いている。

本来なら、海女《あま》が乳を見せ合うところなどは、もう少し淫靡な香りがするはずだが、「あんなのは青い桃じゃち、おらのは古漬けで、うまい味がようけい浸み込んでいる」などといい合い、逆に健康的になってしまうのは、神島の太陽のせいか。若い初江と新治の仲が、二人が「交接《おめこ》した」と、そのものずばりの言葉で噂になるところも開放的である。「映画館もパチンコ屋も呑み屋も喫茶店も、よごれたものは何もない」という島に、すっかり浄化されたのかもしれない。

何度も映画化されているが、有名な焚火のシーンも含め、吉永小百合版より、新治を三浦友和が演じた山口百恵版のほうが感じが出ていた。

【その他のおもな作品】

「仮面の告白」「禁色」「ラディゲの死」「豊饒の海」

■貧しい家の娘が遊女になり、同郷の青年が自殺したあと自分も死ぬ

五番町夕霧楼

ごばんちょうゆうぎりろう（昭和三七［1962］年）

水上勉 みずかみつとむ（大正八～平成一六［1919～2004］年）**［福井県］**

寒村から京都の遊廓・夕霧楼に樵《きこり》の娘が働きに来て、その体の虜になった帯問屋は身請けしたがるが娘は承知しない。彼女はたまに来る金閣寺の小僧で大学に通う、吃音で同郷の青年と話すときだけが幸せだった。ある日、娘が喀血し、それを聞いた青年は金閣に放火、逮捕後に自殺する。数日後、娘の死体が故郷で発見される、という話。

【解説】

昭和二五年の金閣寺放火事件（犯人は林養賢）が文化人に与えた衝撃はかなりのもので、三島由紀夫は「金閣寺」を書き、作者は本作を書いた。これは水上流「金閣寺」で、決して三島に負けていないつもりだ、と本人が語っていたそうだ。作者は後年ノンフィクションの「金閣炎上」を書いており、作者は犯人の故郷で教員をしていたとき、中学生の林養賢本人と話もしている。本作は創作色が強く、養賢は実際に五番町に登楼していたらしいが、樵の娘・夕子のような女はいなかったようだ。小説では正順は逮捕後に自殺するが、養賢は数年後に胸を病み獄死している。養賢の母親が息子に代わり責めを負い、走る列車から川に飛び降り自殺したのは事実である。

本作は正順の内面には触れておらず、夕子と女将、他の娼妓との会話で推し量るというスタイルだ。放火の動機らしきことは夕子から聞いた女将の口から語られる。正順が吃音なのでバカにされていること、戦後、堕落していく禅寺の現状に不満をもっているらしいことなどである。放火は、夕子の喀血に伴う絶望感が引き金になったという構造である。同じ材料をどう料理したのか三島作と読み比べてほしい。

【その他のおもな作品】

「雁の寺」「海の牙」「北国の女の物語」「寺泊」

■貧しい家の少年が丘の上で空想の銀河鉄道に乗り、銀河を旅する

銀河鉄道の夜

ぎんがてつどうのよる（大正一三～昭和八［1924～1933］年）

宮澤賢治 みやざわけんじ（明治二九～昭和八［1896～1933］年）**【岩手県】**

午後の教室で先生が銀河について尋ね、少年は知っているのに答えられない。その晩は祭りで、少年は友人たちにからかわれ、一人で丘の上に行く。いつのまにか少年は鉄道に乗って、様々な星を過ぎていくが、また丘の上に戻ってくる。街へ戻ると、鉄道で会った親友が川に流されていて、その父親である博士に会う、という話。

【解説】

詩人・作家である宮澤賢治が、何度も改稿しながら書きつづった小説だ。出版されたのは死後で、決定稿がないために、残された原稿の研究が進められ、現在では「第四次稿」と呼ばれるものが最終形となっている。冒頭は有名な「午后の授業」。先生に天の川についての質問をされたジョバンニは、知っているのに答えられない。代わって指された親友のカムパネルラも答えなかった。貧しいジョバンニは学校の帰りにも活版所で仕事をする。父親は漁から帰ってこない。その晩はケンタウル祭で、ジョバンニはザネリにからかわれ、一人で丘の上に行く。

いつのまにか銀河を行く鉄道に乗ったジョバンニは、氷山に船がぶつかって亡くなった青年と姉弟、そしてカムパネルラにも出会い、また丘の上に戻る。目覚めたジョバンニが川のそばを通るとカムパネルラが川へ落ちたという。彼は川に落ちたザネリを助けたあと、溺れたのだ。カムパネルラの父も来て、きっぱり「もう駄目です」というと、ジョバンニを自宅に誘う。「銀河鉄道」というすばらしい映像イメージの中に、死、少年の友情、自己犠牲などのテーマをまとめた作品である。

【その他のおもな作品】

「注文の多い料理店」「風の又三郎」「グスコーブドリの伝記」、「春と修羅」（詩）

■脚本家の男が女性に恋をするが、彼女は彼の友人を好きになる

友情

ゆうじょう（大正八［1919］年）

武者小路実篤 むしゃのこうじさねあつ（明治一八～昭和五一［1885～1976］年）**【東京都】**

脚本家の野島は新進作家の大宮に強い友情を感じていた。ある娘（友人の妹）に一目惚れした野島は想いをふくらませるが、大宮が突如「野島の幸福を祈っている」との言葉を残し欧州遊学に出る。娘の大宮への愛を直感し、野島はあわてて求婚するが断わられる。娘は手紙で大宮に想いを打ち明け、大宮はそれを受け入れる、という話。

【解説】

友情と恋愛の相克《そうこく》を描いた作者の代表作。初出は毎日新聞に連載された。大宮は、友人の妹・杉子が自分を想っていることを察して、野島との友情を守るために外遊する。だが大宮の気遣いむなしく、野島はあっさりふられる。意図的なのかどうか、実は野島は全然魅力が感じられない男に描かれている。杉子が好きなピンポンもダメ、水泳もダメ、杉子に会うとうまく言葉が出ずに、ねっとりと眺めているだけ。そこにいくと大宮は、すべて自然体でスマートに対応する男である。つまり、最初から勝負になっていないのだ。

最終章、大宮と杉子との間の往復書簡で、それまでのことがすべて明らかにされる。野島の妻には死んでもならない、野島のわきには一時間もいたくない、野島は勝手に私を人間離れした存在に築き上げて、それを賛美しているだけ、と杉子は告白している。大宮はこの二人の往復書簡を小説に書き、それを読んだ野島は、恋愛も友情も失ったことを知り、一人寂しさに耐え、仕事の上で決闘していくことを決意する。自己に忠実なエゴイズムを肯定した作者の姿勢がよく出ている最後である。

【その他のおもな作品】

「お目出たき人」「その妹」「愛と死」「真理先生」

■一九六〇年代末の世相の中で、繊細な若者たちの心の動きを描く

ノルウェイの森

ノルウェイのもり（昭和六二［1987］年）

村上春樹　むらかみはるき（昭和二四［1949］年～）【京都府】

三七歳の「僕」は飛行機の中でビートルズの「ノルウェイの森」を聴き、学生の頃を思い出す。高校の親友の彼女だった直子は精神を病み療養所へ。そこを訪ねた「僕」はレイコさんと出会う。また大学では緑という女性と知り合う。その後、直子は自殺し、レイコさんは療養所を出る。「僕」は緑に、二人で最初から始めたいと告げる、という話。

【解説】

「ノルウェイの森」は村上春樹の第五作目の長篇小説である。タイトルはビートルズの楽曲からだが、この小説の中で、レイコさんがギターで演奏する楽曲でもある。上下巻の装丁は村上自身が手がけたという。発売以降ロングセラーとなり、単行本だけで上下巻合わせて四五〇万部以上、文庫版も合わせると一〇〇〇万部を超えるヒット作となった。日本だけでなく海外でもたくさんの国で翻訳されている。

小説の主たる舞台は東京で、ちょうど大学紛争の激しかった一九六八〜七〇年を物語の背景に設定している。主人公の僕＝ワタナベ・トオルの出身地が神戸であり、大学入学が一九六八年であることから、作者の実人生と重なる部分が多く、自伝的な作品と思われることもあるが、作者自身は否定している。また、ビートルズだけでなく音楽作品についての言及が多く、他の文学作品（たとえばフィッツジェラルドの「グレート・ギャツビー」など）も多く取り上げられている。

作者の近著「ラオスにいったい何があるというんですか？」の中に、「ノルウェイの森」をギリシアのミコノス島で書いていたときを回想したエッセイが掲載されている。

【その他のおもな作品】

「風の歌を聴け」「海辺のカフカ」「1Q84」

■旅の途中で奴隷に売られた姉弟の姉が、命がけで弟を助ける

山椒大夫　さんしょうだゆう（大正四［1915］年）

森鷗外　もりおうがい（文久二～大正一一［1862～1922］年）**【島根県】**

東北に住む母、姉弟と従者の四人が筑紫の国を目指して旅をするうち、だまされて別れ別れとなり、姉弟は山椒大夫のもとで奴隷のような生活を送る。ある日、姉は計略をめぐらせて弟を逃がし、自分は自殺する。弟は都で関白とめぐり合い、もっていた地蔵菩薩の像から高貴な生まれとわかり、母親を求め歩いて佐渡で再会する、という話。

【解説】

「安寿《あんじゅ》と厨子王《ずしおう》」としても知られる中世の物語で、仏教説話の他、「さんせう太夫」として瞽女《ごぜ》さんが語る説経節として世の中に広まったお話だ。鷗外はそれを一幕物の芝居にしようと考えた後に、小説化したという。実在のモデルがいて、その話がストーリー化されるうちに次第に変化して、「山椒大夫」の物語となっていった。

父・平正氏《まさうじ》が筑紫に流されて、妻と子供は妻の里である信夫《しのぶ》郡（現・福島市）に住んでいたが、父のもとへと旅に出る。越後の海辺で親子は引き離され、姉弟は丹後半島に住む山椒大夫に売られる。姉・安寿は密かに計画をめぐらして弟・厨子王とともに山に出かけて弟を逃がし、自身は沼に身を投げて死ぬ。厨子王は住職に助けられ、僧の姿となって京に出て清水寺にこもっていると、関白・師実《もろざね》と出会う。関白は厨子王のもつ仏像が、百済《くだら》から到来した貴い放光王地蔵菩薩の金像であることを知り、厨子王を保護する。成長した厨子王は丹後の国守となって奴婢《ぬひ》を解放し、また母親を求めて佐渡に渡り、盲目の老女と出会うが、老女の目が開き「厨子王」と叫ぶ。

説経節の物語だと、弟を逃した安寿は山椒大夫によって殺され、丹後守となった厨子王は残酷な復讐をする、という展開だが、鷗外版はかなりマイルドな話になっている。その理由はわからないが、単なる復讐譚、仏教説話に終わらせない深みを物語の中にもち込もうとしたのだろう。安寿の自死のシーンは特に印象に残る。

■下級役人が弟を安楽死させた男に対する処罰に少しだけ悩む

高瀬舟　たかせぶね（大正五［1916］年）

森鷗外　もりおうがい（文久二〜大正一一［1862〜1922］年）**【島根県】**

京都を流れる高瀬川は、島流しになる罪人を大阪まで送る舟が行き来した。ある同心（下級役人）は、罪人があまりに晴ればれとしているので経緯を聞いた。罪人は貧しく、弟が重病を苦に自らを刺して苦しんでいたので、罪人が刺さった刃を抜いたという。それが殺人かと同心は悩むが、権威に従うしかないと考える、という話。

【解説】

高瀬川は京都の中心部と伏見を結ぶために、江戸時代に角倉了以《すみのくらりょうい》・素庵《そあん》親子が開いた運河。京都の繁華街を抜ける清流であり、ここを通る舟は平底の小型船だった。それが島流しの罪人を大阪まで送ることにも使われていたのである。

鷗外の「高瀬舟」には本文の他に「縁起」という部分が付いていて、それによればこのお話は江戸時代の「翁草《おきなぐさ》」という随筆集に出てくるという。「翁草」は京都町奉行所与力であった神沢杜口《かんざわとこう》によって書かれたもので、京都の風俗なども詳しく書かれているらしいが、中でもこのエピソードは与力だった人らしさがある。

さらにその「縁起」の中で鷗外が書いているのがテーマそのもので、一つは貧しさ、もう一つは安楽死である。罪人である男・喜助は両親を子供時代に亡くし、弟と二人で底辺で生きてきた。島流し時に罪人には二百文が与えられたが、そんな金をもったこともないという。同心の庄兵衛は役人だが、下級なので俸給は少なく、妻が浪費するため、自分と喜助の境遇に金銭的な意味で差はないと考える。

自死しようとした弟が死にきれず、刺した刃を喜助が抜くことで弟は死んでしまう。それが殺人といわれればそうだが、果たして罪を問えるのか。疑問の残る罪だが、上司が決めた判断に逆らうことはできないと庄兵衛は思うのである。この設問と解決は、軍医として軍人の階段を登り詰めた鷗外らしい発想だろう。

■ドイツに留学した役人が踊り子を妊娠させ、彼女を置いて帰国する

舞姫　まいひめ（明治二三［1890］年）

森鷗外　もりおうがい（文久二〜大正一一［1862〜1922］年）**【島根県】**

帰国の船上で男は沈んでいた。男は役人だったが、ベルリンへ留学。ある日、教会の前で泣く少女を見初め、仲良くなる。彼女は劇場の舞姫だった。その交流により辞職に追い込まれた男を友人が助ける。少女は妊娠するが、男が病で倒れているときに友人が男の帰国の話をしたため狂ってしまう。結局、男は少女を残して帰国する、という話。

【解説】

明治時代には多くの日本人が海外へ留学した。森林太郎（鷗外）もその一人で、陸軍の軍医となった彼は、明治一七年にドイツ留学を命ぜられ、明治二一年に帰国するまで足かけ五年、ドイツ各地（ライプツィヒ、ミュンヘン、ベルリン）に滞在した。そして、そのときにある女性と親しくなり、彼女は鷗外の帰国を追ってすぐ来日したが、鷗外の弟たちが説得してドイツに帰国させたという。そうした実体験を昇華させた小説がこの「舞姫」で、本文は文語体で書いてある。鷗外の小説デビュー作だ。

主人公・太田豊太郎は法学部を出て役所に勤め、ベルリンに留学する。留学三年を経たある日、教会の前で泣いている、美しい金髪で青い目の少女・エリスと出会う。彼女は父を亡くし、葬儀の金もないと泣く。留学に飽きた豊太郎の心に彼女が忍び込む。この関係が露見し、辞職に追い込まれた豊太郎を友人の相沢が助ける。相沢は豊太郎の才能を評価して帰国をすすめるが、豊太郎はエリスが妊娠しているので悩み、病に倒れてしまう。結局、狂ったエリスを残して帰国するが、最後は、相沢のような友人は得難いが、彼を憎む心も脳裏の一点にいつまでも残っている、と結ばれている。

【その他のおもな作品】

「うたかたの記」「キタ・セクスアリス」「雁」「阿部一族」

■幕府の陰謀によるお家取りつぶしの危機を、忠臣が命を賭して救う

樅ノ木は残った

もみのきはのこった（昭和三三［1958］年）

山本周五郎 やまもとしゅうごろう（明治三六～昭和四二［1903～1967］年）**【山梨県】**

伊達家藩主・綱宗《つなむね》に幕府から隠居の命が下るが、それは、藩を内紛で取りつぶすための幕府大老・酒井忠清の策謀だった。思惑通り一族の伊達兵部《ひょうぶ》と伊達安芸《あき》が対立。重臣の原田甲斐は企みを阻止すべく孤軍奮闘、酒井屋敷での評定のとき、真相を明かそうとして斬殺されるが、甲斐がすべてを背負って絶命したため藩は安泰だった、という話。

【解説】

江戸初期、二度にわたってお家騒動を引き起こし「伊達騒動」として知られる歴史的事実を背景に（本作は一度目の寛文事件）、従来、悪玉とされていた原田甲斐を忠臣だったと解釈した、作者が最も脂《あぶら》の乗っていたときの読み応えある長篇である。

伝わっている話では、二歳の新藩主の後見人となった伊達兵部が藩政を牛耳り、その腹心が原田甲斐。これに対立したのが伊達安芸で、様々な事件も起き、安芸が兵部を幕府に訴える。評定の最後は酒井雅楽頭《うたのかみ》の屋敷で行われ、このとき控え室で甲斐が安芸を斬殺、甲斐もその場で討たれる。原田家はお家断絶、子供たちも死罪、兵部は土佐に流罪となった。これをベースに、酒井の陰謀とそれを察知した忠臣という、実際にあってもおかしくない逆転設定をもち込み、豊かな物語世界を作り上げている（江戸初期、幕府は伊達家の力を弱めようと再三過酷な使役《しえき》を申し付けていることからして、いっそ取りつぶせないかと考えてもおかしくない。作者は逆臣といわれていた甲斐の墓が、ただの逆臣にしては扱いが丁重な点に着目したという）。藩分割を図る兵部にあてた酒井の密約書という小道具の使い方も、実にうまい。

【その他のおもな作品】

「須磨寺附近」「日本婦道記」「寝ぼけ署長」「赤ひげ診療譚」「ながい坂」

■家が貧しくて進学を諦めた少年が、働きながら勉学の道を目指す

路傍の石

ろぼうのいし（昭和一五［1940］年）

山本有三 やまもとゆうぞう（明治二〇〜昭和四九［1887〜1974］年）**［栃木県］**

明治中期、いい加減な夢を追う父のせいで母親が内職にあけくれ、中学進学ができず呉服商に奉公に出た頭のよい少年。しばらく辛抱するが店から逃げ出し、単身上京する。下宿屋の小僧、お弔い稼ぎ、文選見習い工などの仕事を転々としてもなお勉学の道を諦めず、小学校時代の教師と再会、夜間商業学校進学への希望が開ける、という話。

【解説】

昔は中学生の頃に必ず読む一冊であった。いかなる境遇にあってもくじけずに生きていくという、主人公の人格形成を主軸とする典型的ドイツ教養小説である。作者の「真実一路」という作品でも、最後は、家庭のごたごたを吹き飛ばすように、運動会で全力を尽くす弟の姿で結ばれている。

作者本人の「あとがき」にあるように、本作は戦時中の検閲に嫌気がさして中断し、未完のまま終わっている。本来なら、主人公・吾一を明治中期生まれに設定していることからかなりの長篇になっていたはずで、このあとおそらく働きながら夜間商業学校に進学し、明治、大正、昭和の時代を生き抜く吾一の姿が見られたであろう。残念なことだ。小学校を終えて呉服屋に奉公に出され、翌年逃げ帰るあたりまでは、作者のプロフィールとダブる。ただ、未完といっても（中学進学断念までで小説の半分を占めてしまうが）、れっきとした作品として読める。下宿屋の下働きや、関係のない葬儀に顔を出して饅頭《まんじゅう》を何個もせしめてそれを売るお弔い稼ぎや、活版印刷時代の文選・植字工など、その時代をよくあらわす仕事の精密な描写は大変楽しめる。

【その他のおもな作品】

「女の一生」「真実一路」「心に太陽を持て」

【参考文献】

鼻　芥川龍之介（新潮文庫）
藪の中　芥川龍之介（岩波文庫）
砂の女　安部公房（新潮文庫）
或る女　有島武郎（新潮文庫）
太陽の季節　石原慎太郎（新潮文庫）
高野聖　泉鏡花（集英社文庫）
野菊の墓　伊藤左千夫（講談社文庫）
氷壁　井上靖（新潮文庫）
好色一代男　井原西鶴（中公文庫）
山椒魚　井伏鱒二（岩波文庫）
雨月物語　上田秋成（ちくま学芸文庫）
阿房列車　内田百閒（新潮文庫）
おはん　宇野千代（中公文庫）

幻化　梅崎春生（講談社文庫）
屋根裏の散歩者　江戸川乱歩（光文社文庫）
陰獣　江戸川乱歩（光文社文庫）
野火　大岡昇平（新潮文庫）
老妓抄　岡本かの子（新潮文庫）
修禅寺物語　岡本綺堂（筑摩書房）
金色夜叉　尾崎紅葉（岩波文庫）
人生劇場　尾崎士郎（角川文庫）
第七官界彷徨　尾崎翠（河出文庫）
鞍馬天狗　大佛次郎（文藝春秋）
夫婦善哉　織田作之助（岩波文庫）
檸檬　梶井基次郎（角川文庫）
族譜　梶山季之（岩波現代文庫）
雪国　川端康成（角川文庫）
名人　川端康成（新潮文庫）
恩讐の彼方に　菊池寛（岩波文庫）

武蔵野
怪談
おとうと
五重塔
蟹工船
白痴
暗夜行路
東海道中膝栗毛
死の棘
夜明け前
父子鷹
プールサイド小景
如何なる星の下に
ビルマの竪琴
斜陽
人間失格

国木田独歩（新潮文庫）
小泉八雲（偕成社文庫）
幸田文（新潮文庫）
幸田露伴（岩波文庫）
小林多喜二（角川文庫）
坂口安吾（新潮文庫）
志賀直哉（岩波文庫）
十返舎一九（岩波文庫）
島尾敏雄（新潮文庫）
島崎藤村（岩波文庫）
子母澤寛（講談社文庫）
庄野潤三（新潮文庫）
高見順（講談社文庫）
竹山道雄（新潮文庫）
太宰治（文春文庫）
太宰治（文春文庫）

晩年　太宰治（角川文庫）
オリンポスの果実　田中英光（角川文庫）
刺青　谷崎潤一郎（新潮文庫）
春琴抄　谷崎潤一郎（中公文庫）
田舎教師　田山花袋（新潮文庫）
リツ子・その愛　リツ子・その死　檀一雄（沖積舎）
曾根崎心中　近松門左衛門（和泉書院）
女殺油地獄　近松門左衛門（岩波文庫）
二十四の瞳　壺井栄（角川文庫）
不如帰　徳富蘆花（岩波文庫）
濹東綺譚　永井荷風（岩波文庫）
腕くらべ　永井荷風（岩波文庫）
李陵　中島敦（角川文庫）
三四郎　夏目漱石（集英社文庫）
こゝろ　夏目漱石（文春文庫）
明暗　夏目漱石（集英社文庫）

強力伝	新田次郎（新潮文庫）
火垂るの墓	野坂昭如（ポプラ文庫）
真空地帯	野間宏（岩波文庫）
放浪記	林芙美子（岩波文庫）
夏の花	原民喜（集英社文庫）
たけくらべ	樋口一葉（集英社文庫）
麦と兵隊	火野葦平（新潮文庫）
楢山節考	深沢七郎（中公文庫）
浮雲	二葉亭四迷（新潮文庫）
風立ちぬ	堀辰雄（小学館文庫）
或る「小倉日記」伝	松本清張（新潮文庫）
金閣寺	三島由紀夫（新潮文庫）
潮騒	三島由紀夫（新潮文庫）
五番町夕霧楼	水上勉（中央公論新社）
銀河鉄道の夜	宮澤賢治（講談社文庫）
友情	武者小路実篤（岩波文庫）

ノルウェイの森　村上春樹（講談社文庫）
山椒大夫　森鷗外（角川文庫）
高瀬舟　森鷗外（岩波文庫）
舞姫　森鷗外（新潮文庫）
樅ノ木は残った　山本周五郎（新潮文庫）
路傍の石　山本有三（偕成社文庫）

本文ＤＴＰ・カバーデザイン／株式会社テイク・ワン

たった5行で読んだ気になる日本の名作

第一刷発行――二〇一六年四月九日

著者――亀岡修／片桐卓也

編集人――祖山大

発行人――松藤竹二郎

発行所――株式会社 毎日ワンズ
〒一〇一―〇〇六一
東京都千代田区三崎町三―一〇―二一
電話 〇三―五二一一―〇〇八九
FAX 〇三―六六九一―六六八四
http://mainichiwanz.com

印刷製本――株式会社 シナノ

ISBN 978-4-901622-87-5

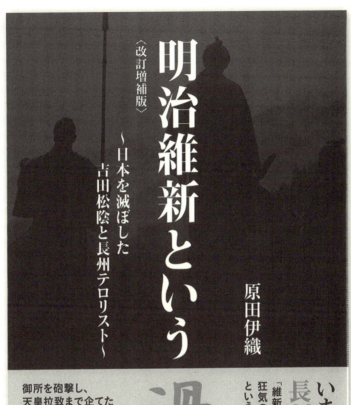

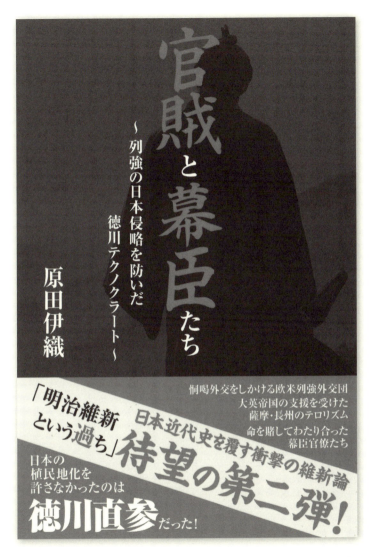